ソロ冒険者
レニー

主な登場人物
フリジット・フランベル
ギルド『ロゼア』の受付嬢。元冒険者で支援課の設立を提案し、準備を進めている。レニーに恋人のフリを頼む大胆さも。
ノア
最強のペア『ツインバスター』の片割れで、ギルド内最強の剣士。メリースの相棒であり、彼女を気遣いながらも冷静に物事を見ている。
メリース
最強のペア『ツインバスター』の片割れで、ギルド内最強の魔導士《メイガス》。レニーに対抗意識を持ち、魔弾の早撃ちで勝負を挑む。

ルミナ
エルフの重戦士で、ソロ冒険者。ルビー級の実力者で、見た目は美しいが戦闘では圧倒的な力を発揮する。レニーとはソロ仲間。
レニー・ユーアーン
ソロ冒険者。魔物討伐は苦手だが、対人戦にめっぽう強い。魔弾の早撃ちを得意としている。

Contents

ソロ冒険者レニー

月待紫雲

イラスト
potg

1章　冒険者とおかしな依頼

魔物討伐、採取依頼、肉体労働に、ドブさらいなど。

様々な依頼を請け負い、冒険者に仕事を斡旋《あっせん》する冒険者ギルド。

そのうちの1つである「ロゼア」は、酒場も兼業している。ギルドに入って正面が総合受付。左奥に依頼の張り出される掲示板。入ってすぐを右に進んで奥の扉を開ければ「酒場ロゼア」だ。

ソロの冒険者であるレニー・ユーアーンは、酒場ロゼアで食事をするつもりでやってきた。

普段であれば、迷わず酒場に向かうところであるが、レニーの足は止まっていた。レニーがギルドに足を踏み入れた瞬間、受付にいるギルド職員たちが顔を見合わせて相談を始めたように見えたからだ。そのために、レニーは出入り口で少し考え込むことになった。例えば、自分が何か、依頼でミスをしたのだろうかということや、ギルドからレニーに用があるのかといったことだ。しかし、少し待ってみてもレニーに対してすぐにアクションが起こることはない。

……まぁ、いいか。

疑問をすぐに捨てて、酒場へ向かう。深く考えても仕方がない。

「あっ、えっと。れ、レニーさん！」

レニーが酒場に足を向けた瞬間、慌《あわ》てたように名前を呼ばれた。進めていた歩みを一歩戻し、声のした方向に顔を向け、目をこらす。

視界の奥の方でひょこりと綺麗《きれい》な手のひらが現れた。私ですよー、とアピールするように手がひらひらと踊る。

レニーの脳裏には茶髪でツインテールの受付嬢の顔が浮かんだ。さほど距離があるわけではないが冒険者が依頼をしにきているのもあって人がやや密集している。背丈の関係で顔までは見えなかった。

名前は知らない。残念ながらレニーは受付の人間の名前をこれっぽっちも覚えていない。接する機会が多いので外見的特徴や声は覚えていた。

受付では他の冒険者が依頼受注や達成の申請でやや並んでいる。その対応中にもかかわらず呼ばれるということは、優先すべき用があるのだろう。

「しばらく酒場の方にいらっしゃいますかー!?」

ギルドに声が響く。視線がレニーに集まった。レニーは返答すべく、喉に手を当てる。準備とばかりに喉を鳴らしてから口を開いた。

「あぁ、いるよ！　あとでこっちに戻って来ればいいかいっ!?」

レニーの普段の喋《しゃべ》りでは声が通りづらい。なので、無理に声を張り上げた。久々に喉の負担を感じ、眉を顰《ひそ》める。

返答に反応して、隙間《すきま》からぴょこっと笑顔が覗《のぞ》いてきた。

「大丈夫です！　時間が合えば担当がそちらに行きます！」

親指を立てて、こちらに向けてくる。

で、あればレニーが受付に並んで用件を聞く必要はない。その確認ができたため、レニーは酒場を優先することにした。止めていた歩みを進め、酒場の扉をくぐる。

酒場に入るなり、スタッフから端の席を案内され、座る。

「何にいたしますか？」

「海藻のサラダとシーフードパスタをお願い」

ロゼアは「サティナス」という城下町に属している。海に近いこの城下町では海鮮物が食べられる。レニーは基本的に、海藻のサラダとシーフードパスタを頼んでいた。物珍しさで他のものを頼むときもある。

酒場ロゼアでは冒険者が食事をすることがほとんどだ。

冒険者というのは魔物の討伐を請け負う職でもあるため、複数人でパーティーを組むことが大半である。

低い等級の者がソロである場合もあるが、危険度が増せば増すほどパーティーの必要性が浮き彫りになり、組んでいく。

レニーがよく座る端の席は2人席。2人組《ペア》の冒険者やソロ用の席である。

パーティーの手伝いをすることはある。だが、レニーは固定のパーティーを組むことはせず、ソロの冒険者として活動していた。別にパーティーを組む以前の低い等級であるというわけではない。依頼を自由に選択できるメリットと、魔物討伐をあまりしないというのがソロの理由であった。

ソロでこの酒場にいると発生することがある。

「――相席いいでしょうか」

そう、相席だ。声をかけられたレニーは視線を向ける。

ふわりと揺れる銀髪。オレンジと水色の瞳がレニーを見下ろしている。

顔立ちは人形のように端正《たんせい》で、服が可愛いというだけで倍率が高くなったロゼアの受付嬢の制服を身にまとっている。白を基調としたセーラー服に、胸元の赤いリボン、それにロングスカート。それはぱっと見、ワンピースにも見えた。つまり、冒険者ではなく、受付嬢だというのが一目で分かった。

その容姿の美しさから、他の冒険者が語り草にしていた受付嬢であることを思い出す。

名前は、

「レニー様にお話がありまして。できれば敬語をやめたいのですけど」

「いいよ。敬語の方が珍しいしね」

そう、

「では、そのように」

「ところでさ」

確か——

「名前なんだっけ」

——興味がなくて覚えていなかった。

受付嬢は微妙な笑顔のまま、固まった。銀髪を手でかき上げて、呆《あき》れたような目をレニーに向ける。

「……フリジット・フランベルだよ。レニー・ユーアーンくん」

鼻息混じりに手に腰を当てて、彼女は名乗った。レニーは話題にされていた内容を思い出し、手の上に拳《こぶし》をのせる。

フリジット・フランベル。

なんでも若くして元冒険者なのだとか。しかも凄腕の。受付嬢の仕事ぶりも完璧《かんぺき》で、冒険者経験もあることから、適切なアドバイスももらえるらしい。受付嬢の言っていた「担当」は彼女のことだろう。

「あぁ、キミがフリジットさんか。噂だけ知ってるよ。相席どうぞ」

「どうも」

フリジットは軽く頭を下げ、正面のイスに座る。所作の一つ一つが洗練されていて、育ちのよさが分かった。

「レニーくんに聞きたいことがあるの」

「なんだい」

「恋愛、興味ある？」

座って早々、そんな話題を振られた。レニーは意図が分からずに困惑する。

「ない」

「結婚願望は？」

「今のところない」

「私を見て思うことは？」

フリジットは胸を張って、サラリと髪をかき上げ、耳を晒《さら》す。

「……は？」

思わず、そんな声が漏れた。フリジットは自慢げに微笑みながら、話を続ける。

「可愛いとか、素敵だとか。思うところある？」

問いかけるフリジットの目を見る。興味ありげな光を瞳は宿している。口元にはあからさまな好奇心が表れていた。要は興味本位でしかなさそうだった。

受付嬢が個人に関わることなどほとんどないが、受付嬢と仲良くなって友人や恋人関係になろうとする冒険者も少なくない。さすがは花形の受付嬢といったところか。フリジットはロゼアの中でも人気の受付嬢だ。酔っ払いどもが受付嬢談義を大声で話してるのを嫌でも耳にする。

レニーには興味のない話だ。レニーは受付嬢談義をしていた覚えのあるパーティーが座っているテーブルを指さす。

「……あそこのパーティーに聞いた方が気の利いたセリフ言うと思うよ」

それからお手上げといった感じで両手を上げる。考えるのすら面倒だから降参して終わらせようという魂胆《こんたん》だった。

「ま、名前覚えてくれてないし、そんなものだよね」

いまだ話の見えないレニーの耳に、失礼しますと声が飛び込んでくる。

2人の眼前にはレニーの注文したパスタとサラダ……なぜかフリジットの分もある。そして頼んでもいないジョッキが2つ並んだ。相席になる前に頼んだらしい。

「お酒は私のサービス。嫌いだったりしたかな？」

「……昼から？」

「付き合ってもらうよ。今日の食事は奢《おご》るからさ」

「そもそも何に」

フリジットはジョッキを傾けると勢いよく半分ほど飲み干した。

「愚痴《ぐち》と依頼、だね！」

解放されたように口元を拭《ぬぐ》い、フリジットは宣言する。ジョッキを叩《たた》きつけるようにテーブルに置いた。

レニーは眉を下げる。

基本的に依頼は掲示板に張り出される。こうして直接話が来るということは、指名の依頼か、不特定多数に知られたくない依頼だ。

フリジットは一度立ち上がると、レニーの隣まで歩み寄った。そして耳元まで顔を近づけ、耳元で囁《ささや》く。

「恋人のフリ、してほしいの」

鼻腔《びくう》を酒の匂いが突き抜けた。

「恋人のフリ、ねぇ……」

とりあえずサラダを食べよう。

レニーはフォークを持ってサラダを頬張《ほおば》る。さっぱりとした野菜に濃い目のシーザードレッシングがちょうどよかった。

「そ」

フリジットはいかにも優雅に向かい側の席に戻っていった。が、顔が真っ赤だった。さすがに恥ずかしかったらしい。その恥ずかしさをかき消すように、こほんと咳《せき》払いを挟む。

「私、付きまとわれてるの」

座り込んで、話を続けた。

「誰に」

「ジェックス・ストーカ」

名前を教えられても誰だか分からなかった。ひとまず、ソロ冒険者ではないのは間違いない。

「パーティーを組んでいるのなら仲間にやめさせるように言えばいい。言っても無駄だったんだろうけど」

「よく分かったね。私関係になるとジェックスがおかしくなるの。常識を捨てちゃうというか」

「恋は盲目ってことかな」

「そうなの。全然話聞いてくれないし！」

８割減ったジョッキがテーブルに置かれ、音が響く。

「無視は」

「力にもの言わせようとしてくるの」

「でもフリジットさん強かったんでしょ。ロールは何？」

「魔法闘士」

この世には「ロール」というものがある。戦士や魔法使いといった自身の役割を表すものだ。人間は生まれながらにして「スキル」の集合体を体に宿している。

スキルは先天性もあるが、鍛《きた》えるほどに鍛えた方向にスキルは育つ。熟練すればするほど、スキルを獲得していくのだ。スキルは確かに体に刻み付けられるが、実体はない。自分でどんなスキルがあるかは直感で理解できるが、目視できないのだ。

可視化するためには魔法やアイテムが必要だ。体に刻み込まれたスキルの集合体は可視化すると、木の根のようにスキルが張り巡らされているように見える。第二の血管とも呼ばれるそれを、「スキルツリー」と呼ぶのが一般的だ。

その読み取ったスキルツリーから、決定、登録されるのがロールだ。ただロールが戦士系だからといって必ずしもパーティーで前衛を担《にな》うわけではない。魔法系のロールでも前衛で戦う者もいる。逆もまた然《しか》り。ちなみにレニーのロールはならず者《ローグ》だ。

「殴《なぐ》って解決しない？」

「受付嬢として暴力行為はできません！」

鬱憤《うっぷん》が溜まっているのかハイペースでサラダとパスタを食べ始める。ジョッキがいつの間にか1杯増えていた。

いかに元冒険者といえど華やかな受付嬢というイメージ、守りたいブランドのようなものがあるのだろうか。事情は深く知らないが、力任せに解決するわけにはいかないようだった。

「なるほど。それで困ってるわけ」

「おかげで安心して飲み食いできないよ。今日は依頼でジェックスたちがいないから平気だけどさ」

「まぁこの場に居合わせたら面倒なことになりそうだし」

ジョッキを傾けつつ、レニーは聞く。

「で。依頼の達成目標は？」

まさか恋人のフリだけが依頼内容ではあるまい。依頼であるのならば達成するべき条件というものがある。

「当然、ジェックス撃退」

胸を張ってフリジットは告げた。

「報酬は？」

フリジットは楽しげに笑みを浮かべ、囁くように言った。

「私との甘い時間」

頭の中で想像する。隣にフリジットがいる日常に、冒険者の仕事に制限がある毎日。

正直、恋愛事に興味はないし、面倒しかない。

「……じゃ話はなかったということで」

レニーは立ち上がる。

「冗談！　待って冗談だから！」

慌てて両手をぶんぶん振るフリジット。その姿を見下ろしながら渋々座る。フリジットは胸に手を当てて、ほっと一息ついた。

「……1カ月間の活動免除とあなたの1カ月の平均報酬額よりちょっと良い額の報酬が約束されます。ジェックスが諦《あきら》めるまでの継続依頼なので1カ月更新の形式を取ります」

得意げに報酬が告げられる。

正直破格だ。

冒険者には活動義務がある。あまりにも活動しない期間が続くと資格を剥奪《はくだつ》されるのだ。例外もあるが、年に一度試験がある上に冒険者以外に仕事をしている証明がなければならない。

活動の保障と確約された報酬は冒険者にとって大きい。

通常の依頼は失敗もありうるが、この依頼はジェックスを諦めさせせなくとも恋人のフリで十分達成されるのだ。依頼達成が約束されている。

「ギルマスから許可は？」

「従業員の安全第一ということで認証済みなんだ。もちろん公認依頼だよ」

「ならいいけど。なんでオレなの」

受付であれば信頼のおける高ランクの冒険者に頼めそうではある。レニーのランクは中堅といったところだ。

「よくぞ聞いてくれました」

フリジットは人差し指を立てる。

「まずソロであるということ。仲間の意見に流されないし、話も早い。揉《も》め事もない。きみ以外にもソロはいるけど等級が低いとか、こういうの向いてない性格っぽいし」

頭の中で1人のソロ冒険者の姿が浮かぶ。

「あー」

レニーの知る限り、上位の冒険者でソロは他にいない。一応このギルドにいる冒険者でトップは2人組《ペア》だ。

「それに男の人であること。あと、女の人にだらしない噂のない人」

立っている指の本数が3本に増える。レニーは周りを見る。

「ハードル高いね」

男なら女性に惹《ひ》かれるというのが性《さが》というものだろう。冒険者という危険な仕事に就《つ》いていればなおさらだ。

「あと、これが一番の理由なんだけど」

フリジットが立てている指を3から1に戻す。

「うちには実力者が少ないの」

切実に、深刻に、フリジットは告げた。ロゼアは他のギルドと比べ、設立からさほど経っていない。単純に母数が少ないようだった。

「そこできみなんだ、レニーくん」

得意げに言われる。理由の方は、十二分に分かった。

「へぇ」

「うわ、興味なさそう」

評価されて嬉《うれ》しいと反応すればいいのだろうが、レニー自身は他人の評価で喜べるタイプではなかった。ひとまず、己のしたい依頼をこなして生活できればいいのだ。

「理由が分かればいいし。依頼として成立したとして、バレたらアウトじゃない？　具体的なプランは？」

フリジットはむふーと鼻を鳴らし、したり顔を浮かべた。

「実はギルド内で新しい部署を作ることになってね。そこで働いて付き合ってる風に見せかける」

「ふーん」

話を促すべく相づちを打つ。

「その名も支援課！　緊急事態に陥った冒険者の救出や初心者のサポート、冒険者のお悩み相談など、冒険者のサポートを目的とした部署なのです」

「オレに冒険者やめろってこと？」

「違う違う。私は支援課メインの受付嬢に転身するんだけど。きみは助っ人要員」

つまりギルド内にできる新しい部署を手伝うというのが表向きの依頼になりそうだ。冒険者の中でも直接ギルドの依頼を受けたり、サポートをするギルド所属冒険者という存在があるが、レニーにそのギルド所属のような仕事をしろということだろう。

「冒険者として活動は続けてもらって大丈夫。支援課も依頼の事前調査とか、緊急で冒険者の救助とかあまり来ないものを想定してるから。サブジョブだよ、サブ」

レニーは胡散臭《うさんくさ》いものを見るような目を投げかける。

「そこに引き込むのが目的？」

疑問を口にして、瞬時にフリジットの眉がぴくりと動いた。レニーは出かかった疑念をすぐに引っ込める。

「……ではなさそうだね」

「赤の他人が、私生活に踏み込んでくる怖さ分かる？　仕事の終了時間とか使ってる店とか、挙句家までじりじりと侵食してくるんだ」

フリジットは不安げに右手で左腕を掴《つか》む。自分の体を庇《かば》うように、寂しそうに。実際、心細いのだろう。そんな姿を見て、レニーは決める。

「オーケー、引き受けよう」

「……本当？」

「頼りになるなら、どうぞ使ってください、お嬢様」

肩を上げて意思を伝えると、フリジットは一気にジョッキを空にした。

「ぷはーっ！　じゃ、乾杯ね。デジーさぁん！　２杯追加ね！」

空になったジョッキが回収され、新しいものが置かれる。

「じゃ、よろしくレニーくん。恋人なんだから呼び捨てでよろしくね」

「分かったよフリジット」

2人でジョッキを持ち、飲み口を軽く当て合った。

◆◇◆◇◆

翌日、レニーはとある森に来ていた。

フリジットとの「支援課」としてのお試しでの活動だ。安全性の確認が目的のため、森の調査と難易度以上の魔物がいた場合、討伐が目的となる。

魔物というのは通常の動物よりも魔力を多く持ち、進化したものの総称を言う。知能に優れ、「魔法」を扱う魔物もいれば、凶暴化している魔物などそのあり方は様々である。討伐すべき対象とみなされれば「モンスター」とも呼ばれるが、意味合いのほどはほぼ同じである。

「フリジットは素手《すで》なんだね」

前を歩くフリジットに声をかける。身に着けているのは、茶色い革製のグローブと受付嬢の格好（下手な装備より頑丈らしい）だった。

「私、拳に魔法のせたりして戦うからね」

そう言って拳を突き合わせる。

「他に武器は？」

「強《し》いて言うなら解体用のナイフかな。ポーチに入っているよ」

そう言って腰に下げているポーチを指さす。

マジックポーチだ。

マジックポーチとは特殊な素材と刻まれた収納魔法により容量が大幅に増えたものを呼ぶ。自身の感じる重さや外見上は変化がなく、容量が大きいことから重宝《ちょうほう》される。

だが当然、高価なものであり、荷物が増えがちな冒険者にはあこがれの一品だ。ポケットの量が多ければそれだけ小分けにできるが、見かけだけの偽物も流通している。

コンパクトなサイズ感とデザインからマジックポーチは特に女性に人気がある。貴族相手のブランド品が出るほどだ。フリジットはそのブランド品を持っているようだった。

一方、レニーはマジックサックという同じ効果のボンサックを背負っている。

中に仕切りが1枚、外側にポケットのある黒いサックだ。3枠あることになる。食料品、依頼達成時の証明物品用、その他の3つに分けて入れている。

仕切りもポケットもないタイプのマジックサックですら、冒険者の稼ぎ3カ月分と言われる。レニーのものはそれより2倍はする。おそらくだが、フリジットのマジックポーチはレニーのもののさらに数倍はするだろう。

「レニーくんは片手剣と杖《つえ》？　かな」

「あぁ。杖だよ」

レニーは左腰のホルスターに杖を収納していた。持ち手部分《グリップ》が斜めになっており、長さもレニーの大腿部の半分あたりまで短めのものだ。シャフトの部分は通常の杖と違い、筒状の金属になっている。

分類としてはショートスタッフだろう。魔法特化のロールではもっと長い杖を持つのがセオリーだ。ショートスタッフはあくまで特定の魔法を発動させること、または発動の補助をするのが目的であり、メインウェポンには向いていない。レニーも実際、サブウェポンだ。

もう1つの武器は背中にあるカットラスだった。左側にマジックサック、右側に鞘《さや》に収められたカットラスとなっている。カットラスは刃が外を向くようになっており、また切れ込みも入っているため、振り下ろしでの抜刀《ばっとう》がスムーズに行えるようにしていた。どちらも両サイドの肩ベルトを繋いでいる背中の帯で体に接続させている。

「陣形は私が前衛、レニーくんがサポートでいいかな」

「形式上は」

ソロの冒険者としてはあまり連携らしい連携を取っていた覚えはない。いつもと違うことなぞ、レニーが軽くフリジットを気遣《きづか》う程度だろう。

ここは駆け出しからベテランまで幅広く世話になる可能性の高い森だ。深く潜れば危険な場所だが、逆に深く潜り込まなければいい。

ただ、それでも生態系というのはいつまでも一定というわけにはいかない。そのため、討伐依頼や、調査依頼は定期的にギルドに発注されている。

慣れたように森を進むフリジットの足が止まる。

「……ゴブリンの休憩地って感じね」

額に手を当てながらフリジットは呟《つぶや》く。レニーの今の位置からは何も見えないが、フリジットの視線の先にはゴブリンたちがいるのだろう。

ゴブリンは子どもくらいの背丈に尖《とが》った耳、裂けた口にくすんだ緑色の皮膚《ひふ》を持つ。皮膚の色は森での擬態のためだと言われているが研究者でもないレニーに真偽は分からない。

ゴブリンはよく討伐依頼が出される魔物だ。ゴブリンたちは基本肉食で人間を襲うこともある。だから人間の被害も少なくないのだ。

知能もそこそこあり、武器を自ら作成したり人間から奪って利用する。

フリジットの横まで来ると、ゴブリンが焚火《たきび》をしている姿が見えた。こちらが高い位置にいるということもあり、ゴブリンたちはレニーとフリジットに気付いていないだろう。

寝ているゴブリンや見張りをしているゴブリン、ざっと数えて5匹いる。

「どうする？　セオリー通り戦ってもいいけど……私としてはダーリンのカッコいいところ、見てみたいかな」

茶目っ気たっぷりに言われる。

「なら5匹はやろうか」

「りょーかい」

レニーは姿勢を低めて、見張りが背を向けた瞬間に飛び降りる。常人では足の骨を折る高さだが、スキルツリーによって強化された身体能力とレニー自身の身のこなしで無傷での着地を成功させた。

人間に限らず、生物であれば皆、先天的、後天的に得た能力《スキル》の集合体……スキルツリーを持っている。スキルツリーこそが生きてきた証《あかし》、そして強さを証明するものなのだ。第二の血管とも呼ばれるスキルツリーには、血の代わりに魔力が巡っている。

本人の意識に反応してスキルを発動させることもあれば、無意識下で常時発動しているスキルもある。

無数のスキルが同時に発動しているため、そのときになんのスキルが発動しているか説明できる者は非常に少ない。スキルは目視できるものではないからだ。

レニーのスキルツリーに刻み込まれたスキルのうち、今発動したと断定できるのは「見極め」

「紛《まぎ》れ込み」だろうか。

見極めは真偽の見分けがつきやすくなる。また一瞬の判断、思考力を向上させ、安定化する効果がある。自分が敵地に潜り込む判断を、見極めのスキルによってほぼ反射的に導き出したのだ。

紛れ込みは集団や建物などに侵入する際にあらゆる補正がかかる。例えば音を立てづらくしたり、気配を殺したりといった風にだ。

このように、スキルツリーに流れ込む微量な魔力がスキルを発動させてバフ効果や補正をもたらすのだ。そのため、どれだけ自分に合ったスキル獲得ができるかどうかが、冒険者としての強さに直結する。

レニーは見張りのゴブリンに即座に近づくと、背中からカットラスを引き抜いて斬り込んだ。

ゴブリンはレニーに全く気付かず、背中を向けたまま攻撃を受ける。

「グギャッ」

レニーはゴブリンの背中を肩口から脇腹にかけて両断した。胸元に鈴でもつけていたのか、ちりん、と音が鳴った。

すると、起きていたゴブリンがレニーに気付いた。

襲撃の対策だ。対策を立てられるということは、それだけ場数を踏んでいることを示す。通常のゴブリン集団よりも場慣れしているようだった。

「グギャア！」

1匹のゴブリンが声を上げて、他の仲間に注意を促す。

2匹がレニーの前方に迫り、もう1匹が寝ているゴブリンを起こしに行く。

レニーは迷わずカットラスを投げると、起こしに行ったゴブリンの脳天に直撃させた。鮮血が舞い、寝ているゴブリンにかかる。

「ギャギャッ」

武器を1つなくしたレニーに、1匹のゴブリンが飛びかかる。木の棒に矢じりをつけた、粗末な槍《やり》を突き出してきた。

レニーは冷静だった。腰のホルスターから杖を抜くと、ゴブリンの眉間《みけん》につきつける。通常、槍を持てば間合い的な有利が発生するが、相手は小柄なゴブリンだ。技術が熟練されてもいなければ、しっかりした槍を装備しているわけでもない。

加えて、レニーの杖を引き抜く速度は、杖に手をかけた刹那《せつな》にもう引き抜きが終わっているというほど洗練されている。

そのため、先に槍を振るわれても、レニーの行動は相手を追い抜いていた。

杖は持ち手から筒状の鉄が伸びており、その中を通って魔弾が発射される。

意図的に魔力を操り、特定の現象を発生させる「魔法」と呼ばれるものだ。

冒険者はスキルツリーで成長させた己《おのれ》の体と、習得した魔法によって戦う。魔法が使えないものもいるが魔力のない人間はいない。そういった場合は魔法を自動的に形成、発動してくれる道具を使うこともある。

レニーが使ったのは魔法の方だった。

マジックバレット。魔力の塊《かたまり》をぶつける、初歩的な魔法だ。

魔弾の衝撃でゴブリンの体が吹っ飛ばされる。地面に倒れる頃には眉間に風穴《かざあな》が空いていた。

あとに続こうとしていたもう1匹のゴブリンが、仲間がやられたことで明らかな動揺を見せた。

次の瞬間、レニーの2発目がもう1匹のゴブリンの胸に穴を空けていた。

ばさりと、ゴブリンが倒れる。

「隙ありってね」

カットラスが頭に刺さっている死体に近づく。カットラスを静かに引き抜き、傍《そば》で寝ていたゴブリンの首を断った。

「……弓持ちゴブリンはキミに任せて正解だったかな」

ゆっくり振り返る。背後にはフリジットが立っていた。足元には弓矢を持ったゴブリンだったものが2匹転がっている。木の上でレニーを狙っていたゴブリンだった。

「なんだ、気付いてたんだ」

「何年ソロでやってると思ってるんだい。ゴブリンの手口は知ってるさ」

フリジットは笑みを浮かべた。

「かっこよかったよ、ダーリン」

「どうでもいいけど、恥ずかしくないの。そのダーリンって呼び方」

「うーん、飽きたらやめるからさほどかな」

会話しつつも警戒は一切緩めない。まだ終わっていないからだ。

「――ゴォオ」

低い唸り声。

フリジットの背後にそれはいた。

通常のゴブリンよりも一回りも二回りも大きな体躯《たいく》。人間からすれば肥大したとも言える頭。

そして冒険者から奪ったであろう剣を腰に下げ、頭を失った猪を担《かつ》いでいる。

「ガァアア！」

担いでいた猪がフリジットへ投げられる。

フリジットは軽く振り返ると同時に裏拳《うらけん》を放つ。猪を確実に捉《とら》え、あろうことか横へ殴り飛ばした。猪の体は木に叩きつけられ、沈む。

「リーダーのおかえり、かな」

「だね」

レニーの言葉にフリジットが同意する。

相手はゴブリンには変わりないが、通常のゴブリンよりスキルツリーが成長した「ソルジャー」という類のゴブリンだった。人間のスキルツリーが成長していくように、魔物もスキルツリーが変化していく。そして一定の条件を満たすと見た目まで変貌《へんぼう》する。

目の前にいるゴブリン・ソルジャー。それがその一例であった。

ゴブリン・ソルジャーは素早く跳躍し、フリジットを飛び越えた。

「キィ」

裂けた口が笑う。

腰の剣を抜き、振り下ろしてくる。猪をいなしたフリジットよりも、レニーの方が弱いと判断したらしい。その判断は正しく、同時に間違ってもいた。

決着は一瞬だった。

まずレニーはカットラスを逆手《さかて》に持ち、剣を受けた。刃の根元から受け流し、剣を滑らせる。

剣が通り抜け、ゴブリン・ソルジャーはバランスを崩した。

そこでレニーはカットラスの持ち方を順手に変えた。そして、カットラスを横に振り下ろす。

ゴブリン・ソルジャーは首を断たれて絶命した。

「最初の5匹と隠れてた2匹、狩りをしていた1匹。うん、これで全部かな」

レニーはカットラスを振り払い、血を落としてから納刀した。

「ソルジャーをソロで狩れるんだ、すごいね」

「フリジットもできるでしょ？」

「まぁね」

ゴブリン・ソルジャーは難易度的に「パール級のパーティー」で戦闘して勝てるかどうかの相手だ。冒険者始めたての人間にとってはボスと言ってもいい。

冒険者のランクは下から黒色等級《グラファイト》、白色等級《パール》、黄色等級《トパーズ》、赤色等級《ルビー》、青色等級《サファイア》、紫色等級《トリスティン》となる。

これにパーティー単位でその等級が認められる「カット」というものが挟まれる。始まりは皆カットグラファイト、次にグラファイト……と上がっていく。つまり合計12の階級がある。

例えばパールではトパーズ向けの依頼は受けられないが、カットトパーズの等級であれば数人で組んでトパーズ向けの依頼を受けられる。このカットという等級で身の丈《たけ》より上の依頼を受けようとする際に自然とパーティーが組まれ、気が合った仲間ができるという仕組みだ。

カットは個人を表すための等級であり、パーティーは示さない。つまり、カットトパーズの集まりでもトパーズの集まりでも等しく「トパーズ級パーティー」となる。

レニーはトパーズ。フリジットはカットサファイア。フリジットの等級は冒険者としては最上級に近い。サファイア等級は国に1人いるかいないかであるし、カットトリスティンはとあるパーティーのメンバーのみだ。個人でトリスティン等級はもはや幻の存在。伝説の英雄レベルでなければ、そこまでたどり着けないであろう。

結論として。

ゴブリン・ソルジャーの相手は、どちらでも単独で倒せるレベルであった。

「この感じだとゴブリンは活性化してるかな。時期的にも繁殖期近いだろうし、見つけ次第狩って、巣穴が見つかれば潰《つぶ》そうか」

フリジットの言に、レニーは頷《うなず》いた。

◆◇◆◇◆

探索を終わらせた2人はギルドに戻ってきていた。新しくできた支援課の受付は準備中になっており、その旨《むね》を書いた札が置かれている。

受付は複数に分かれている。

依頼人から依頼を受ける、依頼人受付。冒険者から依頼受注と達成報告を受ける冒険者受付。そして新規に支援受付が追加になる予定だ。

行き来の頻度が多いのは冒険者のため、スペースが一番広く、動員される人数も多い。依頼人受付はその隣で依頼人が来なければ冒険者受付を兼任する。

支援受付は受付カウンターの隅でこっそりやる予定だ。

その支援受付予定スペースにてフリジットとレニーは依頼書の難易度の調整をしていた。レニーの方は説明を聞いているだけだが。

「探索した結果、あれ以上ソルジャーはいなかったけど、1匹いたというのと時期的な考慮であの森の依頼は全体的にパール以上のパーティーで行ってもらうことにするよ。ま、グラファイトも同行可能にしとくし、例年通りかな」

報告書を作成して責任者のギルドマスターに提出。受理されれば正式に依頼発注となる。

依頼の難易度は、環境の危険度、依頼の達成難易度から考慮される。また、ものによっては条件が指定されているものもある。薬草採集の依頼では薬草の見分けのできる人間を連れて行かなければならない、といった感じだ。

報酬は依頼主の裁量で決められているため、基本的にギルド側で変えることはない。ただし、魔物討伐の依頼はギルドで追加の報酬を考えることはある。例えば村を荒らす危険な魔物を追い出してほしいといった依頼があるとする。村から出せる報酬は雀《すずめ》の涙程度でとても依頼として成立しそうな額にならない。そういった場合は治安維持のため、ギルド側は追加報酬を用意することがある。

復習がてら、レニーはそれらの説明を受けていた。

すると。

「おっとすまんな」

レニーとフリジットはカウンターを挟んで会話をしているのだが、わざとらしく割り込まれた。レニーの隣に小さな皮袋が置かれる。

目だけを向けると、壮年の男がいた。無精《ぶしょう》ひげを生やし、挑発的な笑みを浮かべている。

「フリジット。依頼達成だ。手続きしてくれ」

頭の中で疑問符を浮かべていたレニーだが、その態度で察した。

こいつがジェックス・ストーカか。

「大変申し訳ありません。ただ今、支援課は準備中でございます」

「俺のために空けてくれてたんだろ。恥ずかしがるなって」

うわ。

思わず声が漏れる。後ろに目をやると困った顔のパーティーメンバーがいた。人数は３人。あまり強く出られないパーティーメンバーを見る限り、等級と実力はジェックスが一番上のようだ。

「じゃ、頼んだぜ」

通常の受付は若干人が並んでいるものの、混んでいるわけではない。あまり時間はかからないだろう。にもかかわらず準備中の受付嬢に仕事をさせようとするのは厄介《やっかい》以外の何者でもない。

「仕事の邪魔だ、普通の方に並んでくれ」

皮袋を掴んでジェックスに突き返す。

ジェックスは皮袋を受け取らずに、わざとらしい笑みを浮かべた。子どもをなだめるような、小バカにしような、そんな態度だった。

「お嬢ちゃん、俺は仕事の報告をしに来ただけなんだぜ？　すぐ終わるって。な？　フリジット」

フリジットの視線とぴったり合った。

「……あー」

どこか納得したように声を漏らすフリジット。

レニーの髪は薄桃色だった。目は気だるげで覇気がなく、アメジストのような色の瞳をしている。左には泣きぼくろがあった。問題なのは顔つき、体つきだろう。どっちつかずな童顔。中肉中背で、カウンターの上に置かれた指は細い。中性的なのはレニーも自覚するところだ。なんならレニー自身、仕事で女装をすることがあるくらいだ。女性に間違われること自体は特に不快に思うことはない。

ただ。

レニーはジェックスの顔を睨《にら》む。腹立たしいくらい、こちらを舐《な》めた顔だ。

――こいつ、分かっていてあえて間違えたフリをしている。

レニーが男だと分かった上で、女性に見えるほど貧弱だと遠回しにバカにしているのだ。その態度に、不快感が増す。

フリジットが気まずげに笑った。

「ジェックス様。レニーくんは私の彼氏、なんですが」

フリジットが申し訳なさそうに言う。

ジェックスは笑顔のまま固まり、数秒遅れて青ざめて言った。

「俺の聞き間違いか？」

「いいえ。私の彼氏です」

フリジットがレニーの手を握ってくる。白くて、柔らかい手だった。

レニーは少しだけ身を寄せる。受付を挟んでいるため限度はあるが、親しげな様子を見せれば挑発になるだろう。

案の定、ジェックスの顔が今度はみるみるうちに赤くなっていった。

「……手、離してくれる？」

「あ、ごめん。嫌だった？」

申し訳なさそうに呟かれる。レニーはすぐに首を振った。

「違う。危ないから」

ちらりとジェックスへ視線を移してやる。

レニーの視線の意味に気付いたフリジットは、納得したように手を離した。

「彼氏がいるなんて言ってなかったじゃねえか」

ジェックスはフリジットの肩を掴もうと手を伸ばしてきた。レニーは皮袋を持った手を、ジェックスの胸に叩きつけた。不意を突かれてか、ジェックスは少し大げさによろめく。

「おまっ」

「まず皮袋を持て。話はそれからだ」

ジェックスは皮袋を握りしめると、フリジットに詰め寄る。

「おま、彼氏ってどういうことだよ！」

「そのままの意味です。どうぞ隣の受付にお並びください」

「待て！　俺という男がいながらお前は」

今にも食ってかかりそうな勢いのジェックスに、レニーは腕を掴んだ。

「いい加減にしてくれる？　騒ぎたいなら酒場にしてくれ」

「邪魔をするな！」

振り払おうとするジェックス。だが、レニーは手首を上から抑えつけるように掴んでおり、さらには皮袋を持っているからか、上手《うま》く力が入らず振り払えないようだった。

レニーは視線を受付に移す。

誰もが怯《おび》えているようだった。いらぬ逆鱗《げきりん》に触れたくないのだろう。

「離せ」

ジェックスはレニーを見下ろしながら威圧する。無論、その程度で委縮するなら今この場にいない。

「嫌だね」

「加減しねえぞ」

互いに譲らず、下がらず。視線をぶつけ合う。

「おいジェックス。ギルドでいざこざはさすがにまずい」

その様子を見てさすがにまずいと思ったのか、大柄の前衛らしきパーティーメンバーがジェックスに話しかけた。

「うるせえ！」

ジェックスが怒鳴《どな》ると、パーティーメンバーのうち気弱そうな少年が短い悲鳴を上げた。気まずそうなパーティーメンバーの様子から、パーティーメンバーも困っていることが窺《うかが》えた。

レニーはその光景を見て、うんざりした。単純に面倒くさいと感じたのだ。

思わず、ため息が漏れる。

仕方がない、強引にでもやるか。

「おい、負け犬。ギャンギャン吠《ほ》えるなら外にしろ」

レニーは声を低めて、普段では絶対に使わない言葉を使った。ジェックスの眉間に怒りの皺が刻まれる。

返答は、拳だった。皮袋を掴んでいない自由な手で、レニーの顔目がけて拳を振るってきたのだ。

口の端を吊り上げる。

レニーはジェックスと同じように拳を振るった。腕が交差し、それぞれの顔面へ拳が飛ぶ。

「おぶっ」

拳を叩き込んだのはレニーだけだった。ジェックスの拳は、レニーの頬を掠《かす》めただけ。首だけ傾けて避けた故に、まともに入っていなかった。

手を離してやる。

顔を手で押さえながら、ジェックスは2、3歩後退した。

「はわぁ」

その光景を見て、フリジットがなぜか目を輝かせる。頬に手を当ててまで、だ。

「え、なんで嬉しそうなの」

「ナイトに守ってもらうお姫様ってこんな気分なのかなって」

「……深く聞かないでおくよ」

きっとまともな答えは来ないだろう。

この状況でメルヘンチックな想像をされても困る。

ジェックスは今にも噴火しそうな山のように怒りを露《あら》わにし、拳を震わせていた。

「表、出ろや」

ジェックスが静かに告げる。射抜くような視線がレニーに刺さるが、それに動じることはなく、ただ頷いた。

「いいよ」

レニーはにべもなく了承した。

◆◇◆◇◆

空は朱色に染まりだしていた。影が顔を出し始める夕暮れ時である。

ギルドから出てすぐの場所には、噴水のある広場がある。そこに人だかりができていた。

渦中《かちゅう》の人物は2人。

レニーと、ジェックスだ。

噴水の前、そこに怒りの形相《ぎょうそう》のジェックスが立っている。レニーはギルドの入り口を背にして立っていた。

ギルドに用がある人のために空けておいたスペースは、野次馬《やじうま》で埋まっている。

「おーい喧嘩《けんか》だ、喧嘩!」

「ジェックスとあのレニーが女を賭けて喧嘩だぁー!」

どこの誰が言い出したのか、現場を見ていた冒険者だけでなく、町の人や酒場にいた人まで出てきている。

レニーは頭を抱えた。

「集まりすぎじゃない？」

冒険者が喧嘩を止める役回りをすることも多いが、喧嘩を始めるやつらも少なくない。

酔っ払いはよく殴り合いの喧嘩になる。酒場ロゼアでそれが起きても周りの冒険者に止められるだけである。暴れられて自分たちのテーブルをひっくり返されたらたまったものじゃないからだ。

だが、こういった広場の喧嘩になると盛り上げてくる。

バカ騒ぎをしたいだけなのだ。

「どっちに賭ける？」

「どっちもトパーズの冒険者だよな。単純な腕力ならジェックスの方がありそうだし、ジェックスかな」

「俺はトパーズの歴が長いレニーに賭ける」

あげく、賭博《とばく》を始めようとしてるやつらもいた。

というか同等級か。

レニーは感じる面倒さが重たくなっていった。空を見上げる。

淡い朱色の空が息苦しかった。

「お前、レニーとか言ったな。覚悟しろよ」

ジェックスは半分勝った気でいるのか、レニーを明らかに見下していた。

冒険者の誇りの一つに強さがある。例え喧嘩であろうと、強さが証明されるということは誇りなのだ。

裏を返せば負ければ恥なのだ。

人が見ていれば見ているほど噂は広まる。故に恥をかかせがいがある。

ジェックスの言葉には「恥をかかせてやるからな」という意味も含まれている。

いくらスキルツリーによって強さが決まるとはいえ、体格差や筋肉量は見せかけになるわけではない。

ジェックスの方が体格はいいし、衣類の上からも分かる膨れた筋肉は飾りなわけがない。戦士系のロールなのは間違いないだろう。

喧嘩においてジェックスが有利なのは明白である。

「さっきはまぐれだったが、今度はそうはいかねえ」

レニーはあくびをした。

「な、おまっ……」

緊張感のないレニーの態度に、ジェックスが目をカッと開く。バカにしたように見えたのだろう。実際そうだ。

「ぶっ潰してやる！」

怒りで我慢できなくなったのか、ジェックスが拳を振りかぶって殴りかかってくる。

レニーは難なく拳を避け、顔面に拳を叩き込む。

「へっ」

だが、ジェックスはビクともしなかった。

「さっきは驚いただけだ。そんな細腕の拳が効くかよ！」

得意げに言うジェックス。

「オラァ！」

蹴《け》りが飛ぶ。

レニーは両手を組んで蹴りを受ける。体が一時的に浮くが、そのまま後方に下がった。前腕部分が痺《しび》れ、顔をしかめる。

「オラオラ！　そんなもんかぁ」

勢いづいたジェックスが加減もない拳を突き出す。

大振りの拳に、レニーは前に踏み出した。

姿勢を低くし、懐《ふところ》に潜り込むと、背中をジェックスの腹に当てた。

空振りになった右拳。その手首を両手で掴む。ジェックスを背負い、そのまま投げた。

「うおっ」

背中から地面に叩きつける。

「がはっ」

素早く手首から手を離すと、こめかみへ蹴りを入れる。背中への衝撃に喘《あえ》いでいるジェックスに避ける術はない。

蹴りで頭を揺らされたジェックスは目を回し、そのまま気絶してしまった。

「はぁ、腕いった」

手を振りながら、レニーは呟く。蹴りを受けた腕が、まだ痺れている。レニーは屈《かが》み込むと、ぺちぺちとジェックスの頬を叩く。

起きない。

「……レニー。レニーが勝ったぞ！　さぁ、レニーに賭けたやつは誰だ！」

「くそ持ってけ馬鹿野郎！」

勝負がついた途端《とたん》、冒険者たちは賭けに勝った負けたで騒ぎだす。喧噪の中で、レニーは声を張り上げた。

「ねぇ、ジェックスのパーティーメンバーで回復魔法使えるやついる!?」

「私が」

パーティーメンバー3人のうち、大柄でも少年でもない痩せた男が手を上げた。

「デカいやつ、キミがジェックスを寝床まで連れて行ってやってくれ。キミは介抱して」

「分かった、迷惑かけた」

「すまない、責任をもってやろう」

大柄な男と痩せた男が頷く。

「キミ」

皮袋を預かっていた少年に声をかける。びくりと少年の肩が上がる。

「換金と依頼の報告済ませていきな。ちゃんと並んでね」

少年は必死に頷いた。

それを確認すると野次馬に体を向ける。

「はいはい見世物じゃないんだ、戻れ戻れ！」

レニーが手で追い払うような仕草をする。賭け事をしていなかった町の人や、冒険者が解散していく。賭け事をしていたやつらはしばらく離れそうになかった。

賭け事をしている集団から、見慣れた顔がニコニコと駆けよってきた。

「何してんの」

「臨時収入」

ホクホク顔のフリジットがそこにいた。

「山分けしよっ、山分け」

「いやキミ……はぁ」

行動を咎《とが》めようとしたが、自分自身も喧嘩をした張本人であるから強くは言えなかった。

何より鬱憤を晴らせて気分がいいのだろう。フリジットはやけに機嫌がよかった。

「よく勝てたね。戦士系相手に」

「身体能力に補正をかけるスキルは持ってても、体術系のスキルはなかったんでしょ。戦い方素人だったし。対人戦は慣れてないね、あれは」

喧嘩前にジェックスが背負っていたのは斧《おの》だった。であれば斧を扱ったときに最大限スキルを発動できるようにスキルを取っているはずだ。素手での戦いなどしなくとも、斧を振り回せばいい。

強力な魔物を倒すにはより強力なスキルが必要なため、冒険者は一つを極めがちだ。賊なんて魔物に比べたら遥かに弱い。冒険者からすればスキルツリーで強化された体でゴリ押せるのが普通だ。盗賊は魔物ではなく弱者から金品を奪い取っているだけなのだから。

レニーは魔物討伐よりも盗賊や賞金首を多く相手にしてきた。商人の護衛で、守りながら戦うときもある。だからこそ、手段を選ばない。杖を使うし、カットラスも使う。相手の武器を奪うこともあれば素手で戦うこともある。

あまりに賊を相手にしすぎて「賊狩り」と呼ばれる始末だ。

当然、剣士と剣で戦えば負けるし、魔法使いと魔法で競えば負ける、射手と比べたら射撃の腕も劣る。

ただレニーは剣士相手に魔法を使うし、魔法使いに剣で接近戦を挑むし、射手が矢を撃つ前に魔弾を早撃ちして狙撃手段を潰す。

そうやって生きてきたし、魔物を相手にしない戦いなんてそれがセオリーだ。

ジェックスが対人戦のド素人で、レニーの方が経験が豊富だった。

単純な答えだ。

「それより仕事放っていいのかい」

「終わらせるから大丈夫ですぅー」

喧噪の中、レニーはフリジットと共にギルドに戻った。

◆◇◆◇◆

――それは、フリジットがレニーに依頼をする、更に数日前に遡《さかのぼ》る。

仕事から帰ってくると、フリジットの家の前にジェックスがいた。

フリジットはギルドへ通いやすいように住宅街の中で広場に近い家を選んで購入している。

ギルドと提携している職員用の寮もあったが、資金に余裕があったフリジットは戸建てを購入した。

だからまぁ、跡をつけられなくても見つけられる人間は見つけられるだろう。とはいえ、家の前で堂々と待つ人間がいるとは思わなかった。

頭の中が疑問符でいっぱいになる。

「おう、フリジット。おつかれ」

「……おつかれさまです」

頭を軽く下げ、さっさと家に入ろうとするが、ジェックスが立ち塞がって入れない。

「仕事はいつもこの時間に終わるのか？」

「さぁ、どうでしょう」

1日中冒険者の相手をしなければならないのに始業終業が一定なわけがない。

「しかしこんな夜遅くまで働いてたら危ないぜ」

危険人物第一号が何を言う。フリジットはジェックスを睨んだ。

「私は疲れていますので家に入れさせてもらっても？」

あくまで平静を保って要求する。心臓の鼓動はドクドクと恐怖を訴えていたが、こらえた。

こういう輩はまともに相手してはいけない。理屈なんて通じない。

「おっと悪いな。今度おいしい店教えてやるから仕事終わりに一緒に行こうぜ」

「行きません」

ジェックスがどいたので急いで扉を開けて中に入る。

「おやすみ」

ジェックスの笑顔に、フリジットはぞわりと寒気がした。急いで扉を閉める。

「もう恥ずかしがり屋だなぁ」

扉の奥でそんな声が聞こえる。

フリジットは自分のことをそっちのけで寝室まで駆け込むと、靴を脱いでベッドに潜り込んだ。

怖かった。

いくら力でねじ伏せられる相手と言っても、気持ちが悪い。

何が悪かった？

ジェックスはカットトパーズの冒険者とパーティーを組んでいて、魔物討伐でギルドに貢献してくれている。しかもこの間、やっとトパーズに昇格できたのだ。

カットトパーズで大半の冒険者が人生を終える。その壁を乗り越えて、トパーズになった。期待の冒険者なのだ。昇級試験だって自分が担当した。人格だって問題なかったはずだ。

それなのに、受付で担当する度に無駄に話しかけるようになったたし、最初こそ引き気味で答えていたが、どんどん態度はエスカレートしている。

まるで恋人のように名前を呼び捨てられ、体に触れようとする。

明らかに異常だ。

今はただの好意かもしれない。だが、パーティーメンバーに止められたときも言うことを聞かなかったたし、なんなら1人で接触してくることが増えてきている。

もし、フリジットが無視などを続けて好意が憎悪に変われば何をされるか分かったものではない。

「どうしよう」

ジェックスのいる時間だけピンポイントでいないようにできないだろうか。しかし、ギルドマスターに提案した「支援課」は自分で業務をしなければならない。単純に支援課を担える職員が現状フリジットしかいないのだ。自分自身で提案したたし、もっとギルドの現状を良くしたい。支援課は冒険者に手伝ってもらう予定もある。フリジット自身がちゃんと交渉もしなければばならない。

「やだなぁ」

フリジットは震えながら夜を過ごした。

◆◇◆◇◆

ギルドロゼアにて、フリジットはいつも通り働く。頭の片隅には悪魔のようなジェックスのことがあった。胸の中で必死に出会いませんようにと祈りながら業務を進める。

「――はい、山賊討伐ですね。おつかれさまでした。達成の報告書も問題ないですね。依頼主に報告後、様々な調査、査定のあとに達成報酬が決まります。1週間ほど経ったらまた声をかけてください。こちら、報酬を受け取るための紙です。なくさないようにお願いします」

「分かった。ありがとう」

冒険者が紙を受け取る。用はそれで終わりのはずだが、冒険者は動かない。それどころかじっとフリジットの顔を見た。見透《みす》かされるようなアメジストの瞳に、フリジットは小さく後ずさる。

「キミさ」

眠たげな声がフリジットの耳に届く。

冒険者は半年ほど前に外部から来たトパーズの冒険者だった。トパーズ以上の冒険者はこのギルドでは貴重な存在だ。なるべくこのギルドを利用してほしい。

だが今のフリジットの脳裏には、トパーズの単語にジェックスが繋《つな》がる。

何を言われるのだろうか、すぐ終わるだろうか。不安でならなかった。

「帰って休んだ方がいいんじゃない？」

予想外の言葉に、フリジットは呆気《あっけ》にとられる。

「……え」

「休めるんなら休んだ方がいいよ。このギルドなら代わってくれる人いるでしょ」

体調を心配しているだけのようだった。とはいえ、赤の他人にジェックスのことを話しても仕方がない。

「元気ですよ」

フリジットは笑顔で答えた。体調が良いとも言えないが仕事にならないわけではない。

冒険者はちらりと後ろを見る。並んでいる他の冒険者はいなかった。

「大丈夫です、気のせいです」

追及されても困ると思いながら、フリジットは続けて言う。

冒険者は数秒フリジットの目を見たあと、

「……もし何かあるなら同性に相談した方がいい。それじゃ、お大事に」

そう言い残して酒場に入っていった。

「同性……」

ちらりと隣を見る。

休憩のときによく話す相手。受付嬢になってからの友人だった。

「……ねえ、セリア」

小声で名を呼ぶ。左右に束ねた髪が揺れ、セリアがフリジットの顔を見る。

「どした？」

「あとで、相談、していいかな」

「お、なんなら今でもいいんじゃない。誰もいないし」

昼時だからか、ギルド内は客がいなかった。依頼主が来る場合も多いが、昼の時間帯の冒険者は依頼のために出かけているか、昼食をとっているかだ。

「ジェックスのことなんだけど」

「あぁ、あいつ馴《な》れ馴れしいよね。この間もフリジットに何度も話しかけててさ。仕事の邪魔だった」

不機嫌にセリアは愚痴る。

「この間トパーズに昇級したから調子に乗ってるのかな？　ジェックスがどうしたん？」

「その、昨日私の家の前にいたんだ」

「うっそ。付きまとい？　めっちゃ怖いじゃん。大丈夫？」

「どうすればいいかな。その、いろいろと」

セリアは顎《あご》に手を当て、唸《うな》る。

「いっそのこと恋人作っちゃうとか。いい人いる？」

「いない」

「だよねー」

受付嬢の仕事をしていると、プライベートな関係になる男性が圧倒的に少ない。受付嬢が恋人を作ろうとするならギルド内か、貴重な休日を犠牲にして出会いを求めたりするしかないだろう。フリジットも恋愛には興味がないわけではないが、熱心になるほどではなかった。

「とりあえず、私の寮に泊まろうよ」

「いいの？　ごめんね」

「良い案ないか考えとくからさ、ね」

不安は拭い去れないが、家に帰ってまたジェックスに遭遇《そうぐう》することはない。そのことが分かると、少し気が楽になった。

◆◇◆◇◆

応接室。

公にしたくない依頼であったり、依頼主の都合で受付だけでは対応できないときに使う部屋である。その応接室で、フリジットは1人の女性と向き合っていた。

「ボクに用って何？」

このギルドに3人しかいないルビー等級の冒険者。その内の1人だった。

「実はギルドにて新規の部署を立ち上げることになりまして。問題は全業務できる従業員が私しかいなくてですね……しばらく手伝いがほしいんです。そこで、ウチに所属しているルミナさんに、ぜひお手伝いをお願いしたいんです」

「何するの？」

淡々と聞くルミナ。表情があまり変わらないから何を考えているか、全く分からない。

「えと、ギルドから依頼を受けてもらうものと変わりません。場所の調査だったり、新人冒険者の支援や育成だったり、昇格試験の監督だったりです。形式としてはこちらから依頼しますが、これをできれば優先していただきたいな、と」

パーティーで活動している冒険者だと何かしら目的を持って行動している場合が多い。パーティーメンバー満場一致で手伝ってくれる、ということは難しいだろう。任せる業務もある程度上の等級に任せなければならない業務であったから、ソロかつルビーの冒険者であるルミナに助けを求めることにしていた。

「分かった」

「そうですよね、そう簡単に……へ？　いいんですか」

「ギルド貢献大事。ここにはよくしてもらってる」

どうやらやる気らしく、拳を握るルミナ。

とりあえず、一歩前進してよかった。

「ではこちらの書類に目を通してサインしてもらっていいですか」

「分かった」

ペンと紙を渡し、書いてもらう。

フリジットはそんなルミナを見た。

錦糸《きんし》のような金髪を2つに束ねて下げており、宝石のような碧眼だった。無表情だが、芸術作品でも眺《なが》めているかのような美しさがある。まとっている装備でスタイルまでは分からないが、きっと整っているだろう。ルミナの容姿は、女性から見ても綺麗であった。

「ルミナさんってお綺麗ですよね」

「フリジットさんも、変わらない」

「あはは。ありがとうございます。えっとルミナさんって男の人に付きまとわれたりとかありました？」

動かしていた手が止まり、フリジットを見る。

「ない」

「そうですか」

「話しかけられても、会話が続かない」

「はぁ、そうなんですか」

なんとなく想像ができた。

無言の時間が数秒続く。

「付きまとわれてる？」

「え？　あ、まぁ、はい」

眉一つ動かないルミナ。

フリジットは笑顔のまま、まいったなーと頭の後ろをかく。

ちょっと苦手かもしれない。

「レニー」

話を掘り下げるわけでもなく、ルミナは1人の冒険者の名を出した。

あまりに唐突な発言に、呆気にとられる。

「レニー。誘うといい」

「レニーって」

レニー・ユーアーン。

トパーズでソロの冒険者。魔物討伐にあまり行かない印象がフリジットにはあった。逆に商人の護衛や賊の討伐を積極的に受けている。

商人の安全を確保できたりするので、居続けてほしい人物の1人だった。

——もし何かあるなら同性に相談した方がいい。

そういえば先日、フリジットを気にかけてくれた冒険者。それがレニー・ユーアーンだったことを思い出した。

「支援課。きっと頼りになる」

ルミナはそこまで言うと、書き終えた書類を返してきた。

◆◇◆◇◆

「そうだよ、恋人になってもらおう！」

さも名案とばかりに、セリアは手のひらに拳を置いた。

ギルドの女性寮。セリアの部屋で、フリジットは泊まり込んでいた。

「恋人って」

「レニーさんってソロだし、女にだらしない噂もないじゃん」

「いやでも友だちでもないのに、急にそんな関係は」

人差し指を突き合わせながら、フリジットは戸惑う。だが、セリアは気にしていないようだった。

「フリだよ、フリ。支援課の手伝いを名目に、ずっとついてもらうの。ジェックスが来たら撃退してもらおう」

確かにジェックスはトパーズの冒険者だ。追い払ってもらうなら同等級以上が必要だろう。

レニーは条件をクリアしているし、ジェックスよりトパーズの歴は長い。

おそらく、実力はレニーの方が上だ。

「引き受けてくれるかな」

「そこは魅力的な報酬を用意するしかないね。冒険者の活動は難しくなるだろうから、補填は必須だろうし」

「でもさでもさ、恋人のフリってハードル高くない？」

「フリジットの恋人だよ、喜んで受けるに決まってるじゃん」

「え、それは困るというか」

ジェックスに恐怖を感じているというのに。他の男にがっつりアピールされても困る。

「あーそうか。でもレニーさんなら大丈夫じゃないかな」

「なんで」

「女の人に興味なさそうだもん。仕事だと割り切ってくれるよ」

不確定な要素ばかりだ。

親しくもない男に頼るというのも気が引ける。フリジットはあまり気が進まなかった。

「傍に男がいるくらいじゃインパクト足りないって。恋人くらいじゃないと」

「でも……」

「とりあえずギルマスに話通して依頼してみなよ。大丈夫だって」

安心させるように肩を叩く。

「話してダメなら支援課だけ手伝ってもらえばいいじゃん」

「あ、それもそうか」

明日ギルマスに相談しよう、そう思った。

◆◇◆◇◆

2日後。

ギルマスに相談を済ませ、依頼をする準備もほぼ整った頃だった。

仕事を終え、そろそろ帰ろうかと思っているときのことだ。受付からドタバタと音がした。

何かと思って振り返るとセリアが駆け込んできた。

「レニーさん来たよ！　酒場に入ってった」

「セリア。仕事は？」

「ちょっと抜けてきた！」

笑顔でそう告げるセリア。

フリジットは更衣室に入るのをやめる。

そしてセリアと共に受付に行った。受付に来ると、他の受付嬢も一斉にフリジットを見る。

「さっきジェックスたちが魔物討伐行ってたし、チャンスだよチャンス！　行ってきな」

他の受付嬢にも言われ、背中を押される。受付から出て、酒場の扉へ向かった。

扉を開ける。

酒場を受付嬢が利用することはある。特に昼休憩時の利用が多かった。そのため、酒場には女性向けのメニューもある。空いているカウンター席に一度座り、酒場の店員であるデジーに話しかける。

「レニーさんってどこにいます？」

「あそこです」

端の席を見ると、つまらなそうに食事を待っているレニーの姿があった。

頭の中で今度は彼との会話を想像する。

無理だ。すぐに思った。

恋人なんていたことないのに、シラフで恋人のフリなんて頼めない。

「……今すぐ飲めるお酒ください。強めのやつで」

「急にどうしたんですか。ちょっと待っててくださいね」

デジーがカウンターにある酒に手をかけ、コップに注いでフリジットの前に置く。

「はい、ショットです」

コップの3分の1も注がれていないショットが置かれる。それを一気に飲み干した。眩暈《めまい》のしそうなほど、強烈なアルコールの香りが鼻を抜ける。

「……ふぅ。レニーさんって何頼みました？」

「海藻のサラダとシーフードパスタです」

「それにエール２杯追加お願いします、ちょっと相席します、意地でも」

「意地でも⁉」

意を決したフリジットはレニーの元に行く。

レニーの真正面に立ち、深呼吸をする。

「相席いいでしょうか？」

完全に自棄《やけ》だった。

◆◇◆◇◆

「今日はやけに嬉しそうにしてるけど、何かあった？」

「ううん。思い出してただけ」

ジェックスとの喧嘩から数日後。

レニーとフリジットはギルドから離れた場所で昼食をとっていた。ちなみに提案してきたのはフリジットだ。ギルドだとジェックスに絡まれる可能性があるからだという。

「どう？　ここのパスタも結構いいでしょ。トマトソースがすごくおいしいの」

「うん、いいね。気に入った」

ダークブラウンの円形テーブルに2人で向かい合って座っていた。全体的に色が暗めで明るすぎず、陽の光はしっかり入ってきているため、陰湿な感じではない。落ち着いた雰囲気が好印象だった。

「冒険者関連の人もいないし、話も気軽にできるね」

「あれからジェックスはどうだい」

仕事の時間はほぼ全て一緒にいる。仕事後も受付嬢が使う寮まで送っていって、休日もなるべく共に過ごしていた。それでもレニーが全ての時間を共にできるわけではない。

「今のところ何にもないね。きみのおかげ」

指をからめながら、フリジットは心底安心したように呟いた。

喧嘩で打ち負かしてから、ジェックスがフリジットに声をかける回数はほぼなくなった。常にレニーが付き添っているのもあるが、フリジットを巡って争い、レニーが勝ったという噂が広まっていたからだ。

新しくできる支援課の手伝いをしていることも、恋仲であることも周知されている。

もっとも、受付嬢仲間には仮の関係であることはバレているらしいが。そもそも、受付嬢たちで相談した結果の依頼だったらしい。

「でも怖いから、しばらくこの関係は続けさせてね」

「ま、解消したらすぐアピールするだろうし、いいんじゃないかな」

パスタをフォークに巻いて食べる。口いっぱいにトマトソースの甘みが広がった。素材そのままの味が舌を楽しませる。

「意外と早く解決しそうで拍子抜けだなー。割とレニーくんと一緒なの苦痛じゃないし。きみは大丈夫？」

「今のところ。飽きたら言うよ」

「うわープレッシャーかかる」

言葉とは裏腹に楽しげな表情だった。

「まさか受付嬢になって付きまとわれるとはね。冒険者だとさほどしつこいのなかったんだけど。パーティー組んでたからなのかな」

冒険者の恋愛事情を、レニーはあまり把握していない。ただ言えるのは依頼主と仲良くなって引退したり、パーティーメンバーでくっつたり、形は様々だ。ただ、パーティーメンバーで恋愛するとトラブルも増えるが。

パーティーを跨《また》いでの恋愛はほとんど知らない。やはり一緒にいる時間を作りたいのだろう、いつの間にか同じパーティーになっていることはあった。

カットサファイアで構成されたパーティーなど、声をかけづらいのではないだろうか。

「そういえば、どうして冒険者やめたんだい？　カットサファイアなんて引く手数多《あまた》だろうに」

レニーが質問すると、フリジットは嬉しそうに頬を綻《ほころ》ばせる。

「お、私のこと興味ある？」

「大体のことには興味あるよ」

「えーうそだぁ」

「それで、どうして受付嬢になったんだい」

「冒険者になりたての頃、受付嬢の人がすごく親切にしてくれてね。私も、ベテランになったら受付嬢になって駆け出しや困っている冒険者を助けたいって思ったの。ちょー強い受付嬢ってかっこいいでしょ。支援課も、私が提案したんだ。ほら、カットサファイアだから発言力あるし、ギルマスも元パーティーメンバーだから要求通りやすいし」

懐《なつ》かしむように天井を見上げながら、フリジットは続けた。

「言い方は悪いかもしれないけど、ギルド職員って軽視されがちじゃない」

「否定はしない」

「でも私が働けば地位向上に役立てたりできないかなーって」

「……ここのギルドは冒険者の待遇が良い。支援課が始動すればさらに良くなるだろう。受付に女性が増え始めたのも、ギルマスが積極的に現場の人間の待遇を良くしようとしてるからだ」

ギルドの運営の裁量はほとんどがギルドに任される。税で売上の何割かは持っていかれるため、ギルドそのものの経営に余裕があることは少ない。受付の人数が少なかったり、報酬が少なかったり、弊害《へいがい》は様々だ。だが、このロゼアではほとんどない。

「支援課の仕事、元々は受付嬢をやりながらキミが負担してたんだろう？　全部じゃないだろうけどさ」

「そうなの。だから今まで以上に力を入れられるし、仕事の負担も減る。ギルマスさまさまだね」

「フリジットが頑張ったからさ」

冒険者、という職が指す通り、冒険者は1つの場所に留まる職業ではない。レニーは別のギルドで依頼をこなしてきた経験も多くある。その中で、ロゼアはトップクラスに質がよかった。

「頑張った甲斐があったよ。嬉しい」

フリジットはほんのり顔を赤らめた。

「でも、レニーくんも地味に周りよく見てるんだね。私の名前覚えてなかったのに」

「名前を覚えるのが苦手でね」

「覚えてくれてると思ったんだけどなぁ。あのとき気付いてくれたし」

「あのとき？」

「なんでもないよーだ」

フリジットはいたずらをする子どものように舌を出す。

なんでもないなら深く聞かなくていいか。

レニーは空になった皿を前に祈りを捧げ、フリジットの目を見る。

「ところでさ、提案なんだけど」

「うん」

「それぞれ1人の時間作ってみない」

「早速《さっそく》飽きられた!?」

今にも立ち上がりそうな勢いのフリジットに、レニーは苦笑する。

「ちょっと確認したいことがあるのさ」

2章　冒険者と策略

レニーのスキルの中に「フクロウの目」というものがある。

夜目を良くし、見えづらいものを見えやすくするスキルだ。基本的に夜になれば発動を実感するものだが、暗闇であればどこでもいい。

それを駆使しながら、レニーは中を捜索していた。

ダンジョン探索だ。

「いや、さすがローグのロールだ、中途半端にいろいろ取っているだけあるな」

「ちょっとジェックスさん。言い方ってものがあるよ」

「すまんすまん」

今、レニーはジェックスのパーティーと共同の依頼を遂行中だった。

——トパーズの冒険者が1人必要なんだ、頼む。

頭を下げてきたジェックスの姿をレニーは覚えている。ギルドではフリジットはおらず、レニーは久々にソロで依頼でも受けようと思案していたときだった。

依頼を受ける条件は等級だけではない。経験と実力からこういった役割の人間が何人必要、または補う場合はこの等級の冒険者が必要など、依頼を達成させるための条件が細かに決められていることもある。

ジェックスのパーティーでは条件を満たせなかったのだろう。

暗闇の中でレニーは視線を後ろに向ける。「ライト」の魔法を発動させている気弱そうな少年は魔法使いだろう。この依頼を達成するために何が必要か心得ているらしい。使っているライトの魔法も杖は使用せず、最低限の明るさで足元が確認できるようにしている。明るすぎるのもかえって危険だからだ。

前衛で戦士のジェックス、大柄でおそらくタンク役の男。そして、回復担当であろう祈祷師。前衛2人に後衛2人。悪くはない。

今回引き受けた依頼は「魔物《モンスター》の巣の探索」。分類としてはダンジョンの探索に入る。なんの魔物の巣かと言うと、ムネアカメガバチというハチの大型モンスターだ。メスには羽根があり、オスには羽根がない。アリのように地面に巣を作るので度々調査対象や討伐対象になる。

人が通れそうな空間が巣にあるのは、ムネアカメガバチもまた最低限その広さが必要だからだ。ムネアカメガバチは人とさほど変わらないサイズだ。顎で人間の体を真っ二つにもできる。

オスは食料を集め、メスは卵の寄生対象を探す。

メスは子どもを他の動物に寄生させる。寄生した母体の免疫能力などで卵のまま死ぬ可能性も高いが、羽化し順調に成長すれば内側から食い破って出てくる。小動物から出てくることがほとんどで、他の生物に寄生して羽化まで成功する確率は低いと言われている。人間の場合は魔法で治療されたり、免疫機能が働いて高熱を出した母体の体温に耐えきれず死ぬのがほとんどだ。故に、寄生はさほど危険視されていない。

女王バチという概念はこのムネアカメガバチにもある。1つの巣に複数体存在することもあるが、今回の巣の規模では1匹だと考えられた。女王バチは自ら子どもを産むことができる個体で新たな女王と共に数体の子どもを産んで死ぬ。その女王バチの討伐、または巣の形状のマッピングが今回の仕事の目標だ。

ムネアカメガバチの戦闘力は1匹でパール1人ほど。巨大化した弊害か関節部分を叩けば無力化させやすい。

ただ、いかんせん数が多い。トパーズの冒険者とはいえ、同時に相手ができるのは3体か、良くて5体だろう。巣の中であれば最低数の3体と考えた方がいい。メスの奇襲や仲間を呼ばれることを考えると長期戦は避けたい。

「いた」

女王バチが広い空間に鎮座していた。大きく膨れ上がった腹で、まともに動けない。

その両サイドにオスとメス、1匹ずつ護衛バチがいた。他のハチが外に出る昼を狙ったのだ。

数が少ないのは当然だ。だがそれでも、パール冒険者だけでは巣の対応ができない。その理由がこの護衛バチの存在にある。護衛バチは通常よりも大型なのが特徴だ。カットトパーズの冒険者でも苦戦することがある歴戦個体のため、パールには危険度が高すぎる。護衛バチはほとんどの場合、女王バチの傍を離れない。

「いくぞ、ガーシェ、ブライグ、テンダ」

ジェックスがタンク、祈祷師、魔法使いをそれぞれの名を呼ぶ。

まずタンクのガーシェが仕掛け、気付かせる。オスが攻撃をしてきたところで大盾で防ぎ、他のハチもガーシェを注視させる。メスがガーシェを襲おうとするも、ジェックスが斧を振るい、けん制する。祈祷師のプライグは支援魔法で2人にバフをかけ、魔法使いのテンダが火魔法の準備をする。

女王は火で燃やすのが一番良い。

このまま任せていても女王は倒せるな、と思ったところで、テンダの頭上の影が濃くなった。

オスのハチが天井から落ちてきた。護衛バチだ。敵に備え、潜《ひそ》んでいたのだ。

レニーはホルスターから杖を取り出す。狙いは当然、テンダを狙ったハチだ。

魔弾を3発。時間差なしに撃った。

ハチの攻撃をずらすために頭楯《とうじゅん》、ダメージを与えるために腹部、吹き飛ばすために中胸に当てる。ハチはそれでも着地はし、目前となったテンダを食い殺そうとする。

「ファイアボ」

テンダは本来、女王バチに撃つ「ファイアボール」の魔法を眼前のハチに撃とうとする。咄《とっ》嗟《さ》の判断としては正解だ。

「任せて」

テンダが魔法を発動させる前に、レニーが言葉で制した。テンダとハチの間に入り、カットラスを引き抜く。

カッと開かれた顎に向けて、カットラスを振り下ろした。

カットラスは顎によって挟まれ、動きを止める。ハチは前足を上げ、爪で攻撃してきた。

「シャドーハンズ」

レニーが魔法を発動させた。レニー自身の影から2本の黒い腕が出てきたかと思うと、爪を掴み、食い止める。

下顎に杖の先を差し込むと、魔弾を発動した。

頭が弾け飛び、ハチが絶命する。

レニーはカットラスを地面に叩きつけ、顎の破片を外しながら屈む。

「今っ」

射線上の障害がなくなった瞬間、ファイアボールが放たれる。魔法は直撃し、女王バチは炎上した。

燃える女王バチは弱点である炎に逆らえるはずもなく、ほどなくして絶命する。

戦闘は無事終了だ。討伐の証明に素材を持ち帰れば、依頼達成の報告ができる。

護衛バチの3匹分の触覚と、女王バチ特有の顎の一部。それらをタンクであるガーシェと後衛の1人であるプライグが採集を始める。ジェックスは女王バチに向かい合い、警戒を続けている。女王バチから死にかけの子どもが腹を食い破って出てくる場合もある。襲ってきた最後の抵抗とばかりに襲いかかってくるときもあるので油断は禁物なのだ。また、働きバチが帰ってこないか、レニーとテンダで見張りを始めた。

「さっきはありがとう。さすが、トパーズの人だね」

「気にしなくていい。報酬は山分けだし、良い仕事できたと思うよ」

「それでその、ジェックスのことなんだけど、あまり嫌わないでくれると助かるっていうか」

レニーはテンダの目を見る。赤茶の髪に、灰色の瞳。特に鼻から頬にかけてあるそばかすが特徴的だった。

「彼、冒険者の壁って言われるカットトパーズからトパーズになったばかりで。有頂天になっちゃったんだと思うんだ。だから、フリジットさんにも付きまとっちゃって……」

テンダは杖を握りしめて、見上げる。

「止められなかったこと、改めて謝るよ、ごめん。でも同じトパーズのレニーさんに負けて、自分はまだまだなんだって実感してくれたと思うんだ。あれからすごいまともになったし、彼、本当は気が良くて、その、良い人なんだ」

ちらり、と後ろを見る。

ガーシェと腕を組み喜び合っているところだった。ちらりとレニーに視線を移して笑う。そして親指を立てた。

レニーは息を吐く。

「テンダさん」

「何?」

「キミにとってジェックスはとても良いリーダーのようだ」

「……うんっ!」

「でも、狂人ってのはいつもはまともなんだ。当たり前さ、ずっと狂人だったら生きていけない。だから直接会話してもまともに見えることが多い」

「それって、どういう」

「本性っていうのはね、ぽっかりあいた空白に顔を出してくるもんなのさ。この巣みたいにね」

首を傾げるテンダ。しかし会話は続かなかった。

ばしゃり。

レニーは頭から足先まで、甘い臭いのする液体をかけられていた。鼻から抜ける臭いで嗅覚がまともに機能しないほどだ。

「おっとすまねえ。手が滑った」

犯人《ジェックス》を睨む。

「ムネアカメガバチの腹蜜、ねぇ。女王バチが子育てに使う希少な蜜だ。綺麗に切り取れば高値で売れるだろうに」

「へへっ、舌も蕩《とろ》けるくらい甘いだろう」

女王バチの腹蜜は、適切に取り出さなければならない。処置を怠ると、強烈な臭いを放つからだ。そしてその強烈な臭いは働きバチを呼び寄せる。なぜなら、女王バチが「自ら潰す」腹蜜から放たれる臭いは、巣の危機を知らせる臭いに他ならないからだ。故に真っ先に燃やされる。適切に腹蜜を取り出せないとハチの報復によって確実に死が待っているため、唯一臭いの出ない燃やすという手段が一般的なのだ。腹蜜は死ぬほど甘美、と言われる由縁である。

ジェックスは腹蜜が燃える前に取り出したのだろうか。地面を見ると大きめの瓶が転がっていた。瓶に蜜を入れたのか、事前に買ってきたものを持ってきたのか、レニーはジェックスの行動を見ていなかったので分からない。興味もなかった。

「おいジェックス。何のつもりだ」

「ジェックスさん、なんで」

責めるようにジェックスの肩を掴むガーシェと震えた声で問うテンダ。

「なに、フリジットにつく悪い虫は、排除しなくちゃな」

「てめ、本気で言ってるのか」

「そ、そんな、レニーさん、死んじゃうよ！」

「あぁ、死ぬな。だが俺たちも早くずらからないと死ぬぜ。行くぞおめえら！」

有無を言わさず、駆けだそうとするジェックス。その背中をレニーは見るだけだった。

「……レニーさん！　あぁ、なんてこと」

「キミらも早く逃げときな」

「だがよ、これはジェックスがやらかしたんだ。責任は俺たちにある」

「そうだ、余力はあるから僕ら3人でレニーさんをサポートすれば」

テンダの言葉を手で遮る。

「分かるかい、時間がないんだ。急いで」

「でも」

「生きて帰ってギルドに報告するんだ。ジェックスが何をしたかを、ね」

「レニーさん」

テンダが瞳を潤《うる》ませて、名を呼ぶ。きっとパーティーメンバーたちはまともなのだろう。ここに残ってくれようとしたのが証拠だ。

なら、ジェックス1人が狂ってしまったということになる。

「くっ、すまん」

「レニーさん、必ず助けるから！」

「どうか無事で」

3人がそれぞれの言葉を残し、去っていく。

「……さて。ジェックスは予想通りだったね」

好きな女に付き合っている男がいる。付きまとっている男ならそれだけで諦めるとは思えない。ああいう輩は、邪魔者さえ排除すれば自分が一番になれると本気で思っているのだ。

自分に都合の良いように物事を考えていたやつが、現実を突きつけられた程度で変われるはずがない。

長年、賊どもや賞金首を狩ってきたから分かる。ああいうやつらの治療法は一つだ。

レニーは無言で手を引っ張る動作をした。

しばらく待っていると影の手に捕まれたジェックスが戻ってきた。レニーの前で尻もちをつく。

「あ？　なんでお前が」

状況を呑み込めていないジェックスがレニーへ目を向ける。傍まで歩み寄ると、レニーは座り込んだ。

「魔法さ、魔法」

手をぐっと掴んで引き寄せる仕草をする。

「あの影の手か？　だがあの魔法はそこまで」

瞬間、閃光が走った。

なんの前触れもなく、魔弾がジェックスの膝に直撃したのだ。骨の砕ける音と共に、右脚がおかしな方向に曲がる。

「あっ、あがぁあああ！　足がっ、足がぁ！」

レニーは舌舐めずりをする。蜜をかけられたせいで甘かった。

「な、何しやがる、お前っ」

震えた声で、ジェックスが叫ぶ。

「うん？　最初からこのつもりだったからだけど」

レニーは両手を広げる。

「ダンジョン攻略。確かにオレみたいな役割は必要だね、罠にかからないためにも安全性は取らなきゃならない。だからごく自然に誘える」

お人好しであれば、なんの疑いもなく引き受けるだろう。

「途中まで仲良くやって、次に奥地で置き去りにする。これをやるのにムネアカメガバチはぴったりだね。何せ蜜をぶっかけて囮《おとり》にすればいい。ギルドには事故で報告できるし、疑いはあっても証拠がないから処罰されない。実に都合が良い場所だ。

現に、オレの思い通りに事が運んだしね」

ジェックスの肩をゆっくり、手で叩く。無論、蜜がついた手だ。

「戦士系が考えること、ならず者《ローグ》が考えないとでも？」

「く、くそっ、ふざけるな！　お前だけ死にやがれ」

「なんだ、つれないな。フリジットを賭けた仲じゃないか」

皮肉たっぷりに笑う。

「どうせキミのことだ。オレがいなくなればフリジットが振り向くと思ってるんだろ」

「当たり前だ。今は……そうだ、俺に嫉妬《しっと》してほしくてお前と付き合ってるんだ。フリジットがお前みたいなやつと付き合うはずがねぇ」

付き合うはずがない、の部分だけ同意する。実際には恋人ではないのだから。

「認知が歪《ゆが》みまくると諦めるってことを知らない。狂人に付き合うつもりはオレにはないし、彼女にもそんな暇はない」

だから、と。

レニーは両手で倒れて死んだ人間を表現してみた。

「キミがいなくなれば万事解決、だよね」

「いなくなるのはお前だっ」

ジェックスが素早く斧を引き抜く。

剛腕によって繰り出される一撃は、非戦闘体勢のレニーに避ける術はない。

魔弾が、右肘を砕いた。

「ぎゃあぁぁああ！　腕が、腕があぁぁああ」

「あーあ。左腕で斧使ってくれれば生存率上がったのに」

斧が地に落ちる。

避ける術がないなら一撃を許さなければいい。単純な話だ。

レニーにはその手段《早撃ち》がいつもある。

「なんだ、なんなんだお前は」

痛みにもがきながら、怯えた様子で声を上げる。

「……恋敵《こいがたき》？」

小首を傾げて、レニーは呟いた。

巣穴の出口から羽音が響いてくる。死の羽音だ。

「たっ、頼む。助けてくれ」

「いやいや希少な体験だからぜひ体験していってくれ。付きまとってくるやつから逃げられない、良い経験じゃないか」

羽音が大きくなる。

レニーは背中を向け、ジェックスから離れる。

レニーのスキルは自身の身を隠して相手に気付かれにくくすることに適したものも存在する。

例えば「気配隠蔽《けはいいんぺい》」だ。文字通り、気配を消しやすくするスキルだ。ゴブリンと戦ったときに発動した「紛れ込み」もそうだ。紛れ込みは集団や建物などに侵入する際に補正をかけてくれるスキルだ。簡単に言ってしまえば、隠れた際に見つかりづらくなるスキル……それは闇に紛れた際にも力を発揮する。気配隠蔽と紛れ込みで「気配を消しやすくなる」という補正内容が重複するとその効果はわずかではあるが、上昇する。

賊相手に不意打ちや殴り込みをかけていた結果得たスキル群だ。

無論、レニーにはジェックスよりも多くの蜜がついている。しかし、やってきたムネアカメガバチが臭いの根源を嗅《か》ぎ分けられるわけではない。当然だ。臭いがついている時点で残滅すべき敵であることに変わりはない。そして最初に目にする人物はジェックスであり、襲いやすい敵もジェックスである。一瞬見つけづらい位置にいるだけで、やつらのターゲットはジェックスに集中する。

「ま、待ってくれ。金、金払うから。今回の報酬も、全部渡すから。だから助けてくれ。フリジットも、フリジットも諦める。だから」

「ジェックス」

振り返り、予《あらかじ》め持っていたものを投げた。魔光石と呼ばれる魔力を通すと、しばらく光り続ける石だった。光は穏やかなもので、ランタンほど頼りになるものではない。しかし、「フクロウの目」で夜目の利きやすいレニーにとっては灯りとなる代物であった。それをジェックスの足元に転がす。その光をぼんやり眺めて、ジェックスはさらに青ざめた。

「お、おい。待てよ。これじゃあ余計《よけい》目立つじゃないか」

「そうだね」

スキルも相まって、レニーの姿はジェックスには見えていないだろう。視線があちこち動いて定まっていない。

「まったく。マジックサックがベトベトじゃないか」

マジックサックからポーションの入った小瓶を2本取り出す。疲労回復を促すものと、魔力の自然回復を早めるものだ。ポーションは即時傷を癒《い》やすような、便利なものではない。事前に飲むもの、負傷したい際に自然回復力を高めたり痛み止めとして飲むものなど、即効性があったとしてもそんな程度の効果だ。しかし、そういった小さな効力と思えるものでも、戦闘時、極限状態では命を繋ぐ。息を整えるのが数秒早くなるだけで、生存率は跳ね上がる。

レニーがポーションを飲んだのは、これから来る死に抗う備えだ。

「べ、ベトベトってそんなこと気にしてる場合じゃねえだろっ！　だいたいお前だって、1人でムネアカメガバチの群れ相手に生き残れるかよ！　協力しなきゃ死ぬぞ！」

「オレとキミ。同じ等級でも決定的な違いはなんだと思う？」

「は？」

「ソロか、そうじゃないかだよ」

レニーはにっこり笑みを浮かべた。相手には見えていないだろうが。

「ジェックス。生まれ変わったらソロ冒険者になりなよ。その方が怪しまれないから」

ジェックスの顔が絶望に染まるのがよく分かった。

そして死がやってきた。

数匹のメスがジェックスに襲いかかる。ジェックスの体はすぐにメスの体に遮られて見えなくなった。

ぐちゃぐちゃと、肉が裂ける音が響く。ジェックスは悲鳴を上げたが、すぐに羽音にかき消された。

トパーズの冒険者なら数匹のムネアカメガバチを同時に相手にしても問題ない。ただそれは五体満足のときであり、更に言えば一時的なものだ。トパーズだけでは巣の中のハチを全滅させる前に己の体力が尽きるのが先だ。

巣をまるごと絶滅させせるには念入りな準備とカットトパーズの冒険者が10人以上は必要だ。

とはいえ、女王さえ叩けば、跡継ぎのいない巣は勝手に壊滅する。

故に、トパーズで受けられるこの依頼は、慎重さと深追いはしないことが要求される。

この状況はジェックスが欲を出し、慎重さを欠いた結果だ。

レニーはカットラスと杖を構える。

「バカは死ななきゃ治らないってね」

◆◇◆◇◆

——魔法。

魔力を詠唱《えいしょう》や己の魔力コントロールによって形を作り、放つ。剣を駆使した技術を剣術としているように、魔法は魔力を駆使した技術だ。

魔法は使えば使うほど、それに見合ったスキルを獲得し、スキルツリーにより魔法を扱うに適した体質になる。

レニーは闇魔法の適性を獲得していた。平たく言えば影を操ったり、闇を武器にする魔法の総称だ。杖から放つ魔弾も、基本的にマジックバレットか「カースバレット」という闇属性の魔法の2種類だ。今は確実にダメージを与えなければならないため、カースバレットを使用している。スキルの補正がかかるからだ。

次々と襲いかかるハチの関節部分を魔弾で撃ち、ひるんだところをカットラスで頭を落としていく。

後方から不意打ちがあれば、魔法によって影から現れた手が拘束し、急所に魔弾を叩き込んで終わらせる。基本的にシャドーハンズは自分の影からしか出せない。だが、今は巣のどこからでも影の手が出せた。

シャドードミネンス。

影を己の一部とする魔法だ。支配してどうするのかというと、シャドーハンズをはじめとした、影を媒介する魔法の発動速度が向上し、支配しているぶん範囲も広がる。そして、元々影を支配下に置いているのでコントロールする部分が少なくなり、魔力消費が少なくなる。護衛バチと戦いを始めた頃から発動し、じっくり時間をかけて巣穴の影を己の一部とした。灯りのない巣穴では全てがレニーの領域に等しい。これにより己の影からしか出せないシャドーハンズの魔法が、巣穴であればどこからでも出せるようになっており、広範囲での使用を実現していた。

これらを活かしてレニーは30分ほど生き残っていた。ちなみにジェックスは言うまでもない。

「さすがにバテてきたかな」

息を切らしながら、汗と蜜でぐちゃぐちゃになった頬を拭う。

ムネアカメガバチは決して雑魚《ざこ》ではない。パールで互角、トパーズでは苦戦しないものの、一撃で葬《ほうむ》れるような存在ではない。

群がれば群がるほど危険度が増す。単体で巣を相手にするには、相当な実力者でなければ難しいだろう。

「はぁ、はぁ。良い運動だ、こりゃ。スキル育成のためにも、ぜひ切り抜けたいね」

息を切らせながら粋《いき》がる。

四方八方からハチが群がってきた。

「隙間に潜り込みやすくていいねっ！」

ハチの群れにレニーは突っ込む。ハチの腹の下を潜り、胴体を真っ二つにする。

巨大なため、ハチ同士の間や細長い足の間など、空間の隙ができやすい。

そこに潜り込めば、レニーのスキルはいくらでも発動する。集団に突っ込めば「紛れ込み」が発動し、「気配隠蔽」が連鎖する。レニーを見失ったハチたちの中で、レニーは着実に頭の付け根や腹の付け根など部位を狙って魔弾を撃ち込んでいく。

弱点を狙っていけば「破壊技術」という、モノを破壊するときに補正をかけてくれるスキルが発動しやすい。これにより、なるべく一撃でハチを無効化していく。殺す必要はない。戦えなくすればいいのだ。

真正面から戦うロールでは、群れ相手にこんな戦いできないだろう。レニーがソロでやれているのも、忍び込む際に気配を消したり、カギを開ける際や罠を破壊する際に重宝するようなスキルを取得し、戦闘に役立てられるようにしているからだ。

パーティーでトパーズまで上がったのと、ソロでトパーズまで上がったのでは踏んできた場数が桁《けた》違いだ。ソロとはパーティーを組めなかった者の末路ではない、1人で修羅場を潜《くぐ》り抜けてきた猛者《もさ》だ。

オスの死骸の中から飛び出し、メスの羽根を斬る。羽根をなくして落下してしまえば、その衝撃と自重で死に至る。

そして、また死骸に紛れ込む。ムネアカメガバチが小型の魔物であれば通じないが、そうであればこんな戦いはしていない。レニーの実力で切り抜けられる、ギリギリの状況だ。無論、しくじればすぐ死ぬだろう。

スキルツリーは苦境に陥れば陥るほど強化を促し、スキルを増やしていく。追い込んだ筋肉が、筋肉痛を得てたくましくなっていくように。

故に。

冒険者は時に、死の危機すらも好むのだ。

戦うこと、数十分。

「――――はぁ、はぁ。終わったかな」

巣穴を埋め尽くさんばかりのハチの死骸。中にはピクピクと足を動かしているものもいたが、戦闘できるものはいまい。

重い体を引きずりながら、レニーは光を目指した。

群れは全滅させたのか、しばらく静かな時が流れた。来た道を戻りながら、出口を目指す。

巣穴が小規模であったのが幸運であった。それほど深い巣穴でもないし、ハチの数も規模に見合ったものだった。これがもう少し規模の大きい巣穴であったら、レニーはこんな無茶はしなかっただろう。

とはいえ、はぐれていたハチがいないとも限らない。せめて囲まれないような場所に出る必要があった。

光が見える。

「ふぅ、これで川で蜜を流せば一安心」

出口から出て、日の光を浴びる。

目を細めて、そしてレニーは解放感に浸《ひた》ろうとした。

だが、レニーの体に影が被《かぶ》さる。そして、巣穴で散々聞いた羽音を耳にした。

「あれ、護衛バチ？」

他のメスよりも一回りも二回りも大きい護衛バチのメス。それがレニーを待ち受けていた。

女王バチを守る以外で護衛バチが外に出ることはない。だからこそ、ジェックスもレニーも協力して護衛バチを倒したのだ。あとから来るハチの群れには護衛バチはいない。数匹程度なら相手をしながら逃げられる。ジェックスはそう思っていたのだろう。そしてレニーも、護衛バチさえ紛れ込んでいなければ、全滅させられると踏んで戦ったのだ。

護衛バチが外に出る可能性は一つ。次期女王のための、次期護衛バチ。

そんな代替わり直前にしか遭遇しないレアケースだ。とはいえ女王を倒せば自滅するのは他のハチと変わらないし、トパーズであれば対応可能だ。

万全であれば、と頭につくが。

「あはは。死ぬかもオレ」

絞り切った体力を更に絞りつくして杖とカットラスを構える。

護衛バチの複眼が、レニーの顔をいくつも映していた。

満身創痍《まんしんそうい》にプラスして、外に出たせいで影の範囲が狭くなり、魔法に制限ができてしまっている。その状態でカットトパーズ相当の魔物を相手にするのは、さすがにまずかった。

羽音共に針が迫る。

レニーはとりあえず、カットラスで攻撃を受けようとした。

そこへ。

「間に合えぇぇえ！」

大声と共に飛来した人影が、護衛バチの体を粉砕し、貫通していった。護衛バチの体は四散し、宙を舞う。

「大丈夫!?　レニーくん！」

聞き覚えのある声が駆け寄ってくる。声の主は汚れるのにも関わらず、レニーの肩に両手を添えてきた。倒れそうになっているレニーを支え、泣きそうな顔でこちらを覗き込んでくる。

その瞳は特徴的で、オレンジ色と水色をしていた。日の光を反射して銀髪が輝いている。その姿は女神と見間違うほどに綺麗に思えた。

フリジット、だった。

「はは、ありがとう。たすか――」

安堵したせいか、レニーの言葉は続かず、意識が遠のいていった。

◆◇◆◇◆

レニーが目覚めると白い天井《てんじょう》があった。

「……知らない天井だ」

左右を見る。

ベッドの上で、どうやら仕切りで区切られた部屋らしい。レニーがサティナスに来てから見てない光景ではあるが、心当たりはあった。

「医務室、か。ギルドの中だな」

体を起こそうと力を入れる。

瞬間、全身に電撃が走ったように激しい痛みが巡ってきた。レニーは無言で倒れ込む。

「……二度寝しよ」

呟いたところ、仕切りの一部が開けられた。遮光性の高い布なので捲ればいい。

「レニー、くん？」

震えた声が名を呼ぶ。

フリジットだった。瞳を潤ませて、不安げにこちらを見ている。

「やぁ。キミが運んでくれた感じかい。ありがとう」

「……よかった」

口元を抑えて、フリジットはその場に座り込んだ。

「護衛バチ倒したあと、レニーくん、気絶しちゃって。私、心配で」

「……ごめん。平気だよ」

フリジットが顔を寄せる。

「お医者さんは大丈夫って言ってたけど、本当になんともない？」

「んー強化痛だけじゃないかな。攻撃受けた覚えないし」

強化痛。

魔力が枯渇《こかつ》するほどスキルを使い込むと、筋肉痛のような症状が出る。

スキルツリーが伸びる前兆として喜ばれるものだが、痛みは全身に強く現れるため、強化痛が出た人間は基本的に1日は休むことになる。もっとも、この強化痛が起こらなくともスキルツリーは強化されていくし、戦闘を行う人間以外でこの強化痛が現れることはほとんどない。スキルを余すことなく使い、スキルツリー全体が強化されることでこの強化痛が起こるのだ。

トパーズが相手をするには多すぎる数のムネアカメガバチを相手にした結果の、痛みだった。回復魔法では治らない。

「ははっ、あんな数のムネアカメガバチ倒したの？」

「ほぼ、かな」

「女王バチと護衛バチ以外？」

「そうだね」

「ジェックスは、その……」

言い出しにくそうに、フリジットは聞いてくる。レニーは表情一つ変えずに答えた。

「倒せたのは5、6匹くらいかな。で、持ちこたえられずに死んだ」

レニーは嘘をついた。

自分が意図的に、間接的に、殺したことを隠した。元から殺すつもりだったことも、胸にしまい込む。それを伝えれば、フリジットがどう思うか分からないからだ。

嫌われたくない、わけではない。傷つかせたくない、の方が正しかった。

「聞いたよ、ジェックスのパーティーメンバーから。腹蜜をレニーくんにかけて、罠にハメたって。その後、自分の手に蜜がついてたのに気付かなくて、メスのハチに巣の奥地まで連れ戻されたんだって？」

事実と全く異なる話に、レニーは一瞬理解が追いつかなった。しかし、話を訂正しようとは思わなかった。きっと何かを察したパーティーメンバーが嘘をついたのだろう。

「……彼、そんなバカだったの？」

だから、せっかくの嘘にのっかることにした。

「てっきりオレの死にざまを見ようとして逃げ遅れたのかと……いや、どっちにしろアレか」

「だね。死んでほしいとまでは思ってなかったけど、これで付きまとわれずに済むかな」

フリジットも元は冒険者だ。他人の死に思うところがないわけではないだろうが、事故で、しかも自業自得《じごうじとく》で死んだのならあまり気にしないだろう。

「結果良ければ全て良しってやつだね」

「全然良くない。だってレニーくん、裏切られて死にかけたんだよ？　なんで平気そうなの」

そうなるように仕向けた、とは口が裂けても言えなかった。

「言ったでしょ、確認したいことがあるって。ジェックスがキミを諦めたのか、ターゲットを変えたのか確認したかったんだ」

「ターゲットって。レニーくんに？」

「そ。だってオレがいなくなれば彼氏の存在は消滅するわけでしょ？　だから何かしら仕掛けてくるんじゃないかなって予想はしてたんだ。思ったよりとんでもない罠だったけど。追い詰められたやつは何するか分からないね」

「……そんなので好きになるわけないじゃん」

「話の通じないやつってのはそんなもんさ、災難だったね」

「……ごめんね、私のせいだ」

俯《うつむ》いて、フリジットは拳を握りしめる。

「キミが冒険者のとき、依頼主を責めたことはあったかい？」

「ない、けど」

「なら同じさ。オレはジェックスがいなくなって清々《せいせい》したね」

遅かれ早かれ騒ぎは起きていただろう。関係の軋轢《あつれき》は大きなトラブルを生む。ロゼアは良いギルドだ。もっと良い冒険者がやってくるだろう。そのときに厄介な冒険者がいては困るのだ。

話がこじれにこじれる前にこうして決着をつけられたのは、レニーにとっては喜ばしいことだった。

「オレが余計に討伐した分のハチなんだけどさ、素材って換金される？」

「時間はかかるだろうけど、かなりの額になると思うよ」

「まるまる、ジェックスのパーティーメンバーに払っといてくれる？　彼らがやり直せるだけの資金にはなるだろうから」

「いいの？」

「オレはキミからの報酬があるしね。彼らの損失は大きい。リーダー死んだし」

「……優しいんだね」

レニーは心の中で否定した。

ジェックスを殺した、そのけじめでしかない。

「ここの医療費は？」

「検査代とこの部屋代くらいだろうからあんまり取られないと思う、けど。私が払うし、気にしないで」

「なら依頼報酬から引いといてくれ。キミに責務ないし」

「……分かった」

何か言いたげなフリジットだったが、結局レニーの希望通りにすることにしたらしい。渋々《しぶしぶ》頷いてくれた。

「ここにしばらくいるなら、イスでも持ってきたら？」

「ううん、ギルマスに報告するから、すぐ行くよ」

フリジットは立ち上がる。

「ねえ、1つ聞いてもいいかな」

「なんだい」

「なんで依頼受けてくれたの？」

助けるために受けた、という単純なところを聞いているのではないのだろう。特殊な依頼であれば特殊な理由があるのかもしれない、そう思ったのかもしれない。しかし、レニーはそんな人間ではなかった。

「……理由って必要かい」

「できれば」

縋《すが》るような視線を受けて、レニーは考え込む。フリジットとの記憶を辿りながら、自分のそのときの感情を静かに思い出す。

「……依頼だから受けたとしか。断る理由もないし」

「本当に理由ないの？」

「……ない」

依頼なんてものは直感で選んで受けて、達成する。そのときの気分でしかない。やりたくないと思えばやらないし、やってもいいと思えたのならやる。ただ、それだけだ。

ジェックスを殺したのも、依頼を達成するのにはそれが良いと判断しただけで、特別憎悪があったわけでもない。

フリジットではない別の誰かだったとしても、真剣に悩んでレニーに依頼をしてきたのであれば、受けただろう。

「そういえば恋人のフリはもうしなくていいのかい？」

「……そう、だね。ちょっと寂しいけど。でも、支援課は手伝ってもらうからね」

「構わないよ。いくらでも」

レニーが承諾するとフリジットは軽く笑った。

「よろしくね。じゃ、また」

「うん、また」

フリジットが部屋から出ていき、静寂が訪れる。

しばらくフリジットの心は傷ついたままかもしれない。自分のせいで他人を死なせたし、死にかけに追いやった、そう考えるだろう。あからさまに元気がなかったし、引きずっても不思議ではない。

ただ、依頼としてはこれで終わりだ。フリジットにいつまでも付き添う必要はない。

偽の恋人じゃなくても助けるときは助けるし、フリジットだってレニーしかいないわけではない。そのうち、いつも通りに戻るだろう。

だから、少しだけ傷が早く癒えるように、小さな嘘は墓に持っていくのだ。

レニーは天井を見上げた。

「……二度寝しよ」

こうして、受付嬢との奇妙な依頼は終了となった。

◆◇◆◇◆

「聞いたぜレニー、ムネアカメガバチの巣から生き残ってきたんだってな」

ガツンと、ジョッキが置かれる。

「ん？　あ、まぁね」

レニーは酒場ロゼアでくつろいでいた。酒場に入って左側、角の席。特に注目されることもないし、気に入っている席だった。店員のデジーには把握されているのか、なるべくこの席に案内してくれる。名前は最近覚えた。

「さすがは俺の見込んだ男だぜ、カットルビーももう近いんじゃねえのか」

鼻下の髭が目立つ男が自慢げに語る。顎髭は手入れしてるところを見ると、髭にこだわりのある人間らしい。

「……よしてくれよ、状況と相性がよかっただけさ。最後はフリジットに助けてもらったし」

「でもがっぽり稼いだんだろ？」

親指と人差し指の先を合わせて硬貨を表現する。

「ジェックスのパーティーメンバーにまるごと渡したよ」

「なんだよ勿体ねえ。半分でも残しとけばよかったのに」

豪快に笑いながら、男はエールを飲む。

――ジェックスのパーティーメンバーはこの地を既に離れていた。

リーダーが死に、しかも殺人手前の行為をしていたら居心地も悪いだろう。

レニーには謝罪と別れのあいさつをしてきたが、正直レニーにとっては面倒なだけだった。

彼らもジェックスの欲とレニーの判断に振り回されただけである。謝罪を受け取る義理はない。

「そういやよ、フリジットさんとはどこまでいったんだよ」

茶化すように小声で聞いてくる。

「どこまで？」

「恋人なんだろ、いいよなぁ。我らが女神様にあんなことやこんなこと」

「……あぁ、それか。恋人のフリだよ。本物の恋人じゃない」

太い眉が上がる。

「へ？」

言葉が理解できなかったらしい。耳に手を当て、こちらに向けてきた。

「フリだよ、フリ」

「なんで」

「ジェックスがフリジットに嫌がらせするから」

「それじゃ、この間の喧嘩ってのは」

「遠ざけるためだよ。報復食らったけど」

男は深く息を吐くとレニーの肩を叩く。

「そりゃ災難だったな、いろいろと」

「オレが真っ当に恋愛するタイプに見える？」

自分で言ってて悲しくなる発言だったが、男は納得してくれたのかニコッと目を細めた。

「だよなぁ。びっくりしたんだぜー？　いきなり彼女できるし、しかもフリジットさんだからよぉ」

そうかそうか、恋人のフリか。と、嬉しそうに男は何度も頷いた。

「しかし、ジェックスは惜しいやつだったよ。トパーズに上がったばっかかで皆に期待されたのによ」

「生き急いだんだ、彼は」

かみ合っているものが少しでもズレを起こせば、まとめて崩れ去る。冒険者の仕事はそんなものだ。

「けだし名言だね」

「明日は我が身。肝に銘じとかねえとな」

男は冒険者としてはベテランなのだろう。何も、等級が高いからベテランというわけではない。

死ぬ勇者より、生きる猛者だ。

「お前さんは特に気を付けろよ、ソロなんだから」

「分かってるさ。賭け時はわきまえてる」

「だーはっは！　賭け時って言ってる間は若造だな」

男は手を上げると、店員を呼ぶ。

「はぁい」

「チョコレートとカシスデウマースをこいつに出してくれ。支払いは俺だかんな」

チョコレートは女性に人気の菓子だった。最近普及しだしたもので熱に弱いため、固形で維持するのにコストがかかる。ロゼア的には増えてきた受付嬢を労《ねぎら》おうと苦心して仕入れているのだろう。つまり高いのだ。

カシスデウマースはリキュールをフルーツジュースで割った酒のはずだ。

「……おいおい、無理するなよ」

「最悪ツケときゃいいいんだよ。ドブさらいでもなんでもやってやらぁ」

「酔ってるなぁ」

「お前も酔え酔え！　冒険者にコイツほどの薬はないからな」

男はばっと立ち上がり、ジョッキを掲げる。

「俺のおすすめだ、ゆっくり楽しめよ」

そう言って不器用に片目をつぶる。

「ありがとう」

「じゃ、また話聞かせてくれや」

男は背を向けると中心の席へ戻っていった。

ステップを踏みながら。

「おーい、レニーのやつフリジットさんと付き合ってないってよー！」

もう別人だった。

レニーはそんな様子に呆れながら頬杖をつく。

あの調子なら依頼で広まった認識を訂正するのに時間はかからないだろう。健全な関係を続けるには必要なことだ。

「ところであの人の名前、なんだっけ」

とても名前を聞けそうな雰囲気ではなかった。

レニーが男の名前を思い出せずにいると、店員が急いでやってきた。目の前にチョコと酒が置かれる。

「溶けちゃうので早めに召し上がってくださいね」

「ありがとう」

レニーはとりあえず、卵型のそれを1つ摘《つ》まんで食べた。ミルクに濃い甘みを足したような味が、口いっぱいに広がる。それにフルーティーな酒を流し込んで味をリセットした。

なんとなく疲れた頭にしみ込むような味に、レニーは頷く。

「いいな。これ」

疲れたときは奮発して食べるかと思案する。

すると。

「相席いいかな」

男と入れ替わるように声をかけられて、レニーが目を向ける。

女性の声だったので知り合いの顔がちらついたが、知らない顔だった。

「今日初めて来たばかりで、そのぉ、いろいろ教えてもらえると助かるんだけど」

頬をかきながら、彼女は申し訳なさそうに言ってきた。視線がちらちらとチョコレートに向いている。

「構わないよ。等級は？」

「一応カットトパーズなんだけど」

「へぇ。このギルド、人が減ったばかりでね。大歓迎だと思うよ。どうぞどうぞ」

「ありがとう」

おそるおそるといった感じで席に座る。

「ま、チョコレートでも食べなよ。甘くて女性に人気だからさ」

「いいの？」

「気の良い冒険者《名前はまだ知らない》に奢《おご》ってもらったんだ、気にしなくていい」

皿を彼女の方に寄せると、両手を合わせて喜んだ。

「なんでも聞くといい。できる範囲で答えるから」

「……というか男の人だったんだね」

「ははは、それは胸の内に仕舞ってほしかったかな」

今日は飲んだくれてやろうかと、レニーが思ったところで――視界の端に人影が入り込んできた。

「――ということは女性の話が聞きたいってことだよねっ」

繊細そうな手が、豪快にテーブルに置かれる。衝撃でテーブルが少し揺れた。

レニーが目を向けると、見知った顔があった。

ふわりと揺れる銀髪。

顔立ちは人形のように端正で、服が可愛いというだけで倍率が高くなったロゼアの受付嬢の制服を身にまとっている。白を基調としたセーラー服に、胸元の赤いリボン、それにロングスカート。それはぱっと見、ワンピースにも見えた。

「私も混ぜてくれる？」

どこからか持ってきたイスを片手に、フリジットが立っていた。満面の笑みで、レニーを見下ろしている。

「私は嬉しいけど」

視線がレニーに投げかけられる。

「新顔さん。キミ、酒飲む？」

「えっと、初日だしミルクでいいかなーって」

「オッケー。払おう」

レニーは自分の酒を飲み干すと、店員に手を上げる。

「チョコレートとミルク１つずつ、あとエール２つ追加でお願い！」

フリジットには、飲むだろ？　と目配せする。フリジットは満足げにイスを置くと、ドカッと座った。

今日の酒はほどほどにしとこう、ソロ冒険者レニーはそう思った。

3章　冒険者と賊

冒険者の8割以上がパーティーを組んで活動している。魔物討伐やダンジョン探索などがソロだと単純に厳しいというのもあるが、受けられる依頼に制限がかかりやすいというのも大きな理由だ。

ソロでのメリットは自身の裁量で全て決められること、報酬を多く得られるくらいである。人数で分ける必要がないために報酬が多く受け取れることは当たり前ではあるが、命のリスクを上げてまでそこのメリットを取る意味はない。デメリットとメリットで比べればデメリットの方が大きい。それでもレニーがソロで活動している理由はメリットがどうとかではなく、性《しょう》分《ぶん》である。

依頼が張り出された掲示板を前に、レニーは腕を組んで唸っていた。

受けたい依頼がない。

適当に薬草採取や魔物退治の依頼を受けてもいいのだが、薬草採取は月末月初に受けている依頼であるし、魔物退治は現状お金に困っていないから受ける意味を見出せなかった。こうなるとどれを受けるのが楽かという話になってくる。

最近、「受付嬢の恋人役になる」という世にも奇妙な依頼を受けたため、その報酬だけで今月は食い繋げるくらいだ。問題が解決したため、現在恋人関係は解消されている。

受付嬢もレニー自身も、事情は周りの人間に話してあった。冒険者仲間《男ども》の喜ぶ顔があからさまで、内心笑ってしまったのはここだけの話だ。

「レニー」

名前を呼ばれて、顔を向ける。

そこには、少女が立っていた。彼女は、絹のような美しい金髪を2つに分けて結び下げており、宝石のような碧眼を持っていた。瞳の輝きの中に、レニーのやる気のない顔が映し出されている。桜色の唇はきゅっと結ばれており、表情にはなんの感情も宿っていない。どこかの絵画から出てきたかのようであった。若草色の布服の上に、鉄製の胸当てや手甲が着けられている。手甲にはスキルツリーを元にした装飾が施されていた。スキルツリーの成長を願う願掛けの意味がある。

更に黒いマントを羽織っており、体全体を砂塵や雨から守れるようにしている。腰にはベルトとウエストポーチタイプのマジックポーチがあり、太腿のラインにそってベルトから帯が垂れていた。

少女の得物《えもの》は大剣だった。自身の背丈よりも長さのある大剣を、斜めに背負っている。

少女の美麗な容姿も、ギャップの凄《すさ》まじい背中の大剣も目立つが、何より特徴的なのが「尖った耳」だった。パッと見目立たない程度だが、確認するとレニーのような耳とは明らかに違う。

レニーは少女のことを知っていた。

「やぁ、ルミナ」

片手を上げて名前を呼ぶ。

ルミナはエルフの重戦士であった。エルフは森を好む種族で外見的特徴は人間とほぼ変わらない。「長寿」というスキルを生まれながらにして持っている。技術習得や熟練が人より時間がかかるが寿命が長くなるスキルだ。そのためか、長寿のスキルのデメリットでスキルツリーが伸びづらい種族として有名だ。エルフの寿命は通常の人間よりも2倍長い程度だと言われている。伝承の中ではそれどころではないほど長生きしているエルフも言い伝えられているが……まぁスキルの結実度合いによるのだろう。スキル名はそのままで、強化や補正の度合いが強力になることを結実化という。同じスキルでも差が出るのはこの結実化があるからだ。

また、エルフは長寿のデメリットでスキルツリーが伸びづらくはなっているものの、世の中スキルだけで戦闘技術が成立しているわけではない。魔力は人よりも多く持っているし、魔法にも長《た》けているのがエルフの特徴だ。

重戦士として成長してしまったルミナは、魔法を使えない珍しいエルフなのだが。

「依頼決めた？」

「いいや。特には」

「ボク、手伝ってほしい」

マジックポーチから依頼書が突き出される。依頼書は受付に持っていって受注するタイプと張り出したままにされているタイプがある。

基本的に受注が必要なものが多い。薬草採集などは張り出したままになっている。依頼書が赤い枠で囲われている場合は受注は不必要だ。

「ドナティーリ一味の討伐ねえ。パール以上の依頼なんだ」

ルミナが差し出した依頼書の内容を確認する。レニーが普段受けているような賊の討伐のようだった。

パール以上の冒険者が必須という条件があることは珍しい。基本グラファイトでも受けられるものだ。パール級パーティーでもなく、パール以上ということは半分トパーズ級パーティーを求めているようなものだ。

報酬が通常の2倍以上になっていた。

「あくどいこと、いろいろしてる。ドナティーリ自身も賞金首」

「単純に頭領が強いってわけか。いいよ」

レニーが了承すると、ルミナはほっと息を吐いた。

「助かる」

依頼書を持ったまま、受付に向かうルミナ。レニーはその後ろをついていった。

「お待たせしました、依頼の受注手続きですね！」

受付には、先日奇妙な依頼をしてきた受付嬢、フリジット・フランベルがいた。

「キミ、支援課はいいのかい」

支援課はフリジットが中心となって活動予定の新しい部署の名前だった。新人の支援がメインになりそうだと、以前話してくれたのを覚えている。

「今は受付の仕事中。というかレニーくん、近々支援課の手伝いしてもらうからね。ロゼアから離れすぎないように。ルミナさんも手伝ってくれますし」

「え、そうなの」

「ブイ」

視線をルミナに向けると、右手の人差し指と中指を立て、何かのボディランゲージをしてみせる。

無表情であるしなんのサインか全く分からなかったが、とりあえず「してやったり」の意味合いであることは分かった。

「新人の手助け、大事。ロゼア所属の冒険者だし、貢献」

そう言って、拳を握るルミナ。

冒険者はギルドの希望と本人の希望が合致した際、ギルドに所属することができる。ギルドの冒険者として名を売る、宣伝役みたいなものだ。

何かやらかした場合のペナルティが重くなるが、依頼主からの評判によって報酬が増えやすく、また提携している宿屋や酒場から割引のサービスを受けられる。

冒険者になったときに冒険者カードという身分を証明するカードをもらえるのだが、そのカードには等級をはじめとした個人情報が書かれている。ギルドに所属している場合は当然、所属しているギルドの名前も記入される。等級が高ければもちろんのこと、ギルド所属の冒険者も信頼を得やすい。そのぶん、ギルドからの依頼を受けなければならないが。

多くの場合、無所属だ。レニーも無所属である。

ルミナはロゼア所属、ルビーの冒険者だ。現在、ロゼアにいる冒険者の中では2番目の実力者、かつソロである。

「支援課も大事。でも今はこの依頼受けたい」

「はい、ドナティィーリ一味の討伐ですね。こちら、村からの緊急の依頼になります。村から子どもを数人攫《さら》っていったとんでもないやつらでして」

調査の結果、教会を拠点にしているところだそうだ。

根城《ねじろ》がはっきりしているのであれば、そこを襲撃して全滅させればいいだけの話である。国が討伐部隊を編成して向かわせることもあるが、時間がかかるのが難点だ。そこで、冒険者が依頼を受けることも多い。

緊急ということは子どもの誘拐も最近の出来事なのだろう。

「2人で受ける。トパーズとルビー、余裕」

「はい、問題ありません。よろしくお願いします。こちら受理証明書になります。裏に依頼達成状況の確認表があるので確認お願いしますね」

依頼書と引き換えに渡された受理証明書を、ルミナはマジックポーチにしまい込む。

受理証明書は依頼を受けたという証だ。ちなみに失敗した場合は返却し、再び依頼の難易度が精査されて依頼書が張り直される。

依頼の形式にもよるが、達成段階というものがある。例えば村を襲うモンスターがいたとする。このとき、村から撃退し、危機的状況を脱した場合も依頼は成功となる。その場合は壱《いち》段階達成だ。村を襲うモンスターを討伐した場合、弐《に》段階達成となる。

依頼達成状況の確認表というのは、そういうことだ。無論、報酬も変わる。依頼書に記されているのは壱段階の報酬だ。これを基本報酬として掲示している。

今回の場合なら攫われた子どもを救出して壱、賊を解散に追い込めば弐、頭領を倒して壊滅させれば参《さん》といったところだろうか。

「今すぐ行ける？」

上目遣いでルミナが確認してくる。

必要な道具はだいたいマジックサックに入れてあった。

「善は急げってやつだね。行こうか」

無表情のまま、ルミナはこくりと頷いた。

◆◇◆◇◆

依頼を受理したという連絡は依頼主に手紙が届くようになっている。一刻も早く対象を討伐しなければならないときもあるため、冒険者は依頼主に話を聞きにいかずに現場へ直行することも珍しくない。

根城の廃墟はサティナスから馬車で2日ほどの距離であった。

運よくすぐ馬車を借りられたレニーとルミナは、揺れる車中でくつろいでいた。

お互いに無言で、座って休んでいる。

喋ることも特にない。

レニーとルミナは何度か依頼を共にこなすことがあった。きっかけは盗賊討伐だったか。それから、ルミナに誘われ、レニーが承諾するという流れを繰り返している。

相手が賊でも魔物でも変わらない。ソロでは少々手間取る依頼であるとき、ルミナはレニーを頼っているようだった。

ルミナは大型の魔物を相手にするのを得意としていた。大剣を振るい、迫りくる敵を薙《な》ぎ払う。実にシンプルな戦闘スタイルだ。ルミナの華奢《きゃしゃ》な体格に似合わず、スキルツリーによって大幅な身体強化がされている。反動か魔法の適性がなくなってしまったようだが、魔物相手でも全く力負けしない。

「レニー」

肩を人差し指でちょんちょんとつつかれる。

「なんだい」

「どう戦えばいい？」

ルミナが戦い方を気にするのは珍しかった。何せ大体その場の勢いでどうにかなるからである。レニーがルミナと戦ったとしたら勝率はゼロだろう。ルミナのようなパワータイプの相手は一番どうしようもない。戦闘の駆け引きもなく、力で叩きのめされるからである。その光景を何度も見て、幾度相手を哀れに思ったことか。

「うーん、いいんじゃない。適当で」

どうにかなるでしょ、とレニーは特に考えもせず答える。冒険者としてトパーズという等級が壁と言われているが、トパーズより上位の等級は常に巨大な壁がそびえている。トパーズとルビー。レニーとルミナの等級差による実力の差異は圧倒的だ。

そんな彼女が一体何を気にしているのか、それはすぐに分かった。

「子どもたち、人質にされるかも」

ルミナは攫われた子どもを心配していたのだった。

「平気さ」

「なんで」

首を傾げるルミナに、レニーはホルスター内の杖を叩く。

「脅し文句言う前に、風穴空けてやる」

杖には魔弾の魔法を強化、補助するような加工が施されている。レニーがホルスターから杖を抜いて魔力を込めて魔弾を放つ、その行程を終わらせるのに1秒もかからない。人質を使おうとした瞬間、一言も許さずに顎を消し飛ばせるだろう。レニーの杖の扱いと狙いの精度はそこまで熟練している。

魔法使いが使うような高威力な魔法は使えないが、速さと正確さを追求したからこそであり、対人を想定したからこその技能だ。賊相手に遅れを取ることはないだろう。

対人戦においてはいかに相手の動きをつぶせるかが重要になる。ソロの冒険者であれば、多対1も散々経験する羽目になる。複数人の動きを把握し、相手を倒すためには必要な技術だ。

「人質、1人じゃないかも」

「同じさ。咄嗟の判断が正確なやつなんていないからね。間に合う」

レニーにとって、人質なんて今更だ。

それに、とレニーは続ける。

「人質なんて自分が有利なときにダメ押しでやるもんさ」

「よく分からない」

人質というのは交渉で使うものだ。戦闘で使うものではない。始まる前に脅せなければ意味がないのである。

賊は、村人は脅せるが冒険者はそうはいかない。なぜなら確実な関連性が見出せないからである。

交渉をする、ということは通したい要求がある、ということである。そして要求を通すには脅しと誠実さどちらも必要だ。

あくまで要求を叶《かな》えるのは脅されている側だ。脅されている側が自暴自棄になり、反攻してくる事態は避けなければならない。抵抗をなくすための人質なのだ。

冒険者なんてものは通りがかりで賊を討伐するときもあれば、たまたま賊に襲われて返り討ちにし、根城まで乗り込んでくるときもある。そのときに人質で脅しても、交渉すべき相手はいない。

それに賊が人質を殺すよりも、冒険者が賊を倒す方が基本早いだろう。倒す方法は様々だが。というのを長々と説明してもおそらく意味はないだろう。何せ、ルミナは考えなくてもいいことだからだ。

そして考えなくていいことを人は覚えない。

「オレがどうにかするから平気ってことで」

「うん、分かった」

賊の相手をすることなんて行商人の護衛や単純な討伐しかない。人質があるケースはほぼないだろう。何せ、魔物ほどきりがない存在ではないし、魔物討伐の方が割がいいから、数をこなさない。

なら、経験豊富なレニーがそこをどうにかするしかない。

「レニーと仕事、楽」

「そうかい？」

「ソロ同士。気を使わなくていい」

「オレは基本的に気使わないしね」

他の冒険者がいて、前衛の邪魔になるのなら杖で戦うし、後衛が充実してるなら前で戦う。適当に、楽そうなポジションにいるだけだ。

「適当に武器振るっても避けてくれる」

「……他の冒険者に当ててないよね」

「当ててない」

「本当？」

こくり、と頷かれる。

「気を付けてる」

「オレは？」

「気を付けなくていい」

……まぁ今まで平気だったし、さすがに大丈夫だろう。

会話が続かなくなる。そもそも、レニーもルミナも積極的に話す方ではない。会話が途切れたらそのまま。思いついたらまた話せばいい。

「支援課」

「あ、うん」

「レニー、推薦《すいせん》した」

唐突なカミングアウトに、レニーは戸惑った。

しかし、すぐに腑《ふ》に落ちた。思い当たる節《ふし》があったからだ。

「つまり、キミが支援課の手伝いをお願いされたのが最初で、その次がオレだったと」

「正解」

「フリジットがオレに話しかけに来たのはキミが原因か」

「迷惑だった？」

ルミナが聞いてくる。無表情なのだが、なんとなく不安そうなのが読み取れた。

「いいや。恋人のフリはさすがに驚いたけど」

「それは、聞いてない」

ぼそりとルミナが呟いた。どうやらルミナは支援課のメンバーとして推薦しただけのようだった。

「レニーは1人じゃないと困る」

「えぇ……」

中々に理不尽だった。

馬車から外を見る。

空がオレンジ色に染まり、太陽が休む準備を始めていた。

◆◇◆◇◆

夜。

比較的ひらけた場所で、野宿をしていた。御者とルミナは馬車内で休んでもらい、馬が狙われないかレニーが見張りをしている。

夜目《よめ》の利くレニーの方が見張りに向いている。それに獲得しているスキルの関係上、夜の方が体の調子がいい。

「……いるな」

誰もが寝静まる深夜の時間だ。魔物の生息地など考慮して安全な場所を選んだ。

だが、レニーは何者かの気配を感じていた。十数人ほど。

「うひひ、運が良い。2人ぽっきりとは」

暗闇から男たちが出てくる。

「中で寝てるエルフ、ずいぶん綺麗な顔してますぜ」

「おう、そいつは高く売れそうだ」

「……キミら、なんだい」

男たちはただの盗賊の類にしては装備が整いすぎていた。動きやすさを重視した革鎧《かわよろい》に、腕などは鉄で守られている。武器も粗末な出来のものではなく、しっかり鍛え上げられた片刃の剣や斧が多かった。

「ドナティーリの一味って言えば分かるか？」

「ずいぶん早いね」

「それは俺も一味だからな」

馬車から御者が出てくる。その腕の中にはルミナがいた。

「死にたくなけりゃ、降参するんだな」

周りの人間が下品な笑い声を響かせる。

「御者のキミ」

「あ？」

「気安くレディに触るもんじゃない、寝かしといてあげな」

レニーの場違いな発言に、男たちは笑い出す。

「何言ってんだ」

「俺たちが紳士にでも見えるか？　あぁん？」

抜き身の剣を首筋に当てられる。しかしレニーは動じることもなく、座ったままだった。

「大人しくついてくれれば命だけは助けてやってもいいぜ」

「へぇ、優しいんだな」

閃光が走る。

御者の男と、レニーを脅していた男の顔面に魔弾が叩き込まれていた。後ろに吹っ飛び、倒れていく。

「なっ、お前」

「いや、悪いね」

レニーはゆっくり立ち上がった。

杖を手でくるくる回し、ホルスターに戻す。

「こっちは生死《デッドオアアライブ》は問わずなんでね。命は保障しないでおくよ」

魔弾の威力はかなり抑えて撃ってある。２人とも突然の衝撃で脳が揺らされ、戦闘不能に陥っているだけだった。

カットラスを抜く。

「眠り姫を起こさない方がいい。あっちの方が凶暴だからね」

「何言ってんだ、おい、てめえら、やっちまえ！」

四方八方から盗賊が襲いかかる。

レニーは迷わず、真正面に突っ込んだ。

「ほげえっ！」

正面の1人の顎を肘で突き上げ、右から来た斧をカットラスで受け流す。体勢を崩された斧男のこめかみにカットラスの石突きを喰らわせる。

「死、ぼえっ」

左から来た1人を蹴りで大地に転がす。

「背中ががら空きっ」

「な、わけないじゃん」

逆手に持った杖が肘の方から魔弾を吐き出す。それが背後の男の鳩尾《みぞおち》に叩き込まれた。

「ぐあっ」

「……はい4人。ねえ、キミらのボスってどこにいるかな。事前情報と違ってたら困るんだ」

逆手に持っていた杖を順手に変え、リーダーらしき男の眉間に合わせる。

「大人しく連れてってくれれば命だけは助けてやるよ」

脂汗を流しながら、リーダーの男が笑う。

「へっ、こちとら15人いるんだ。６人倒したくらいでいい気になるなよ」

「半分近いじゃん」

レニーの指摘に、リーダーは苦虫を噛み潰したような顔になった。

「あ、甘く見るなよ。こっちには切り札がいるんだ」

「コイツのこと？」

背後、馬車の上に向けて魔弾を放つ。すると黒い影が飛んできた。レニーの前に着地する。

全身黒いローブを身にまとった男がおもむろにフードを外す。

「ヒヒヒ、このわたしに気付くとは面白い」

「誰？」

「暗殺者のバッギス様だ、賞金首にもなる男、お前に倒せるかな」

「……誰」

レニーが首を傾げると、リーダーの男がズッコケた。

「フフフ、知らないならその体に刻み込んでやる」

姿勢を低くしながらバッギスが突っ込んでくる。

レニーが魔弾を撃とうとする。杖の先を向けた瞬間、バッギスはその場からいなくなっており、狙いが定まらない。そう、レニーの杖は結局シャフトの先からしか魔弾を出せない。杖の先、射線上にいなければ問題ないのだ。

「おぉー」

レニーが感心していると、バッギスが間合いに入り、両手を突き出してきた。

一見徒手空拳に思えるが、服の袖口と手首の間から何か飛び出してくる。

杭《くい》だった。

レニーはカットラスを振るっていた。そのため、カットラスと杭が衝突し、火花を散らす。

バッギスはカットラスを叩きつけられた腕を、地面に下ろし、後退した。自分にかかる力の流れ。それに逆らわずに動いたのだ。

「……やるねぇ。今までこれに対応できたやついないんだけど」

「そりゃ、ロールが同系統《ロール》だろうし……今までどこで暴れてたの？」

「カルキスさ。あそこの賊は腑抜けてたね。みーんな冒険者のプロパガンダに怯えて退屈だったのさ。その点ここはいいね」

「プロパガンダって？」

「目立てば賊狩りが潰しに来るってよ。どいつもこいつも、やつが来るって……ガキのしつけかよ」

レニーは杖をホルスターに収め、カットラスを両手で構える。

「シャドーステップ」

バッギスの魔法が発動され、レニーに迫る。

シャドーステップは己の影で残像を作り、相手を惑わす。加速の効果もあり、実際の加速よりも速く錯覚してしまうため、相手の間合いを見誤らせたり、残像に攻撃させて隙を作れる。

加速の効果の方が使い勝手が良いので、メインの効果よりも加速のバフ目的で使われることが多かった。

今、レニーの目にはバッギスの体の輪郭が三重に見えている。

「死ね」

今度は杭ではなく、短剣が飛び出した。どうせローブの中にいろいろ隠しているのだろう。

「シャドーステップ」

仕返しとばかりにレニーが同じ魔法を発動した。バッギスの一撃は盛大に空振りし、レニーは背後に回り込む。バッギスはレニーの影を斬って勝ったと確信していたのだろう、空振りのあとに間抜けな声を漏らした。

「な」

その肩を、人差し指でツンツンとつつく。

バッギスが振り返ろうとするも、上半身をややこちらに向けただけで止まってしまった。脚にはしっかりレニーのシャドーハンズがまとわりついている。

「キミに足りないものは、戦闘中の仕込みだね」

後頭部に杖の先を当てる。

「ヒッ」

「それにしても、カルキスねぇ……オレがいなくなっても二つ名って効果あるんだね……称号スキルでもなんでもないいんだけどなぁ」

「え？　じゃあ」

「はじめまして、本人《プロパガンダ》です」

バッギスの唇が震える。さーっと血の気が引いていく様子が面白いように分かった。

「ふぇ……ふぇやぁああ！」

魔弾の閃光と共にバッギスの悲鳴が響き渡った。バッギスが白目を剥《む》き、倒れる。周りが狼狽《うろた》える。

「お、おい。どうするんだよ」

「どうって……」

残りの者たちは小声で怯え始める。レニーは周りへ、最大戦力が負けたことを強調するために、バッギスの体を踏みつける。

「――レニー、楽しそう」

馬車からルミナの声がした。レニーはそちらに目を向ける。

「やぁ、ルミナ」

ルミナはあくびをしながら馬車から降りる。そして手に持っていた大剣を鞘に納めたまま、片手で構える。右手を突き出し、左手を添えた。ツヴァイヘンダーと呼ばれる種別のその大剣は無論、両手で扱うものであり、片手で軽々しく扱えるものではない。ルミナの膂力《りょりょく》が常軌を逸するものであることを示していた。

「なんでこうなってる？」

「ドナティーリ一味に先手を取られたんだ」

「倒していい？」

「いいよ」

周りを確認する。敵は皆一様に士気が下がりきっていた。後ずさりしながら逃げるタイミングを計っているやつもいる。

「あとはボクがやる」

「任せた」

ルミナがレニーの前に出る。レニーはバッギスの背中をイス代わりに座った。

「く、くそ！　相手は女だ、やっちまえ！」

リーダーはレニーが手を出さない様子を確認して、苦し紛れに叫んだ。その声に続くように、男たちがルミナに殺到した。とはいえ逃げ腰なのが丸分かりだったが。

ルミナは大剣の鞘に収まっていない、刀身の一部分を握る。そこには刃はなくリカッソと呼ばれる持ち手がある。

「えい」

そのまま無造作に振るわれた。棒立ちで横に振るっただけ。それだけであった。

風斬り音を響かせながら、ルミナは3人の男を殴り飛ばした。鞘で殴られたとはいえ、体が両断されないだけだ。無事ではないだろう。

ルビーといえば翼竜種《ワイバーン》や巨人種《ギガント》など常人では太刀打ちできない魔物を相手に、真正面からやり合える強さを誇る。国に切望される戦力だ。ギルドに1人でもいれば、そのギルドはかなり頼りにされる。

カットルビーであればもう少し数はいるが、ルミナは正真正銘、ルビーの冒険者。

そこらの賊がいくら群がったところで無駄なのだ。

間合いの外にいた男が矢をつがえる。だが、その腕に帯が巻きついた。

「は？」

ルミナの大腿部に垂れていた帯。それが、男の腕まで伸びて巻きついていたのだ。

アリアドネベルト。ベルトから垂れた帯が魔力で操れる。伸縮自在で、相手に巻きつけたり、鞭のように叩きつけるなど、使い方は様々だ。ルミナはこれで、敵を捕まえる。

「うわぁっ」

帯に引っ張られた男がルミナの間合いまで飛び込んでくる。その顔面を剣が殴る。

「ぶへっ」

拘束を解かれた男がきりもみ回転をしながら空中を舞う。地面に落ちるときにはもう意識はなかった。

「た、助けてくれぇ！」

逃げ出そうとする男をレニーはシャドーハンズで掴む。このあたりの影の支配は済ませておいた。

「ルミナ、パス」

ルミナへ向けて男を投げる。

「任せて」

大剣が振り下ろされる。男はもろに一撃を受け、地面に叩きつけられた。

そのまま気絶する。

「さーて、誰が案内役にふさわしいかな」

レニーはのんびり呟いた。

◆◇◆◇◆

世にはマジックアイテムというものがある。マジックアイテムというのは魔力を通すと特定の効果を発揮できる道具を示す。人工物を指すため、魔光石のような自然物を軽く加工した程度のものは指さない。どういうものを示すのかというと、レニーの持っているマジックサックもそうであるし、今取り出したマジックシャックルという帯もそれに該当する。

山賊退治において、殺さずに相手を気絶させた際、拘束に使うものだ。平らであり、縄よりもかさばらない。紐などで一纏めにしやすい。魔力を通すと、即座に両手や両足を拘束できる。

そのマジックシャックルで賞金首のバッギスだけを拘束した。手足両方とも拘束し、下着1枚にしてうえで馬車の中に入れた。

「御者くん、真っすぐドナティーリのところまでよろしくね」

「は、はい」

「裏切ったら、分かる？」

「はい。ルミナ様、裏切りません」

レニーたちは馬車で御者とバッギスを連れていくことにした。御者は道案内。バッギスは賞金首で逃げられると困るという理由だ。儲《もう》けにもなる。

他の武装解除した男たちは下着で放り出した。全員捕まえてはいられない。放っておいても勝手に捕まるか、しばらく活動できないだろう。ギルドまで引き返す暇もない。

「んじゃ、よろしくね」

馬車が走りだす。ルミナは馬車の上で御者を見張り、レニーはバッギスを見張ることになった。おかげで寝不足確定だが、まぁ、このくらいなら平気だ。

「ぐ、キサマらこれで勝ったと思うなよ」

悔しげな声が響く。バッギスは頭だけを上げ、レニーを睨んだ。

「あ、起きてたんだキミ」

「ふげっ」

背中に踵《かかと》を乗せて台にする。妙な真似をしようものなら気絶させればいい。

「まだやつらがいる」

やつら……まぁ、ドナティーリであろう。バッギスのような賞金首がごろごろいるわけがない。となれば、当初の目的であるドナティーリしかいない。

「まぁ、ドナティーリ捕まえないといけないし」

「はっ、やつらはわたしよりも強いぞ」

「キミ弱かったよ」

「そんな……！」

あまり手間取らなかった相手なんて比較対象にならない。

「ちなみにドナティーリはどんな戦い方するの？」

「キサマらに教えるとでも」

「この状況でよく言えるね。傍《はた》から見たら変態だよ、馬車から放り出した瞬間お縄さ」

「キサマが脱がしたせいだし、もうお縄と変わらないだろうが」

「暗器危ないし、重たくて邪魔だし」

「おのれ……覚えてろよ」

ぐるると、犬のような威嚇《いかく》をされる。

「まぁまぁ、落ち着きなよ、パッパス」

「バッギスだ！　キサマァ」

今にも噛みつきそうな勢いのバッギス。その後頭部に踵落としをお見舞いする。

「ふげっ」

情けない声と共に床に伏した。それでも、バッギスはレニーに顔を向ける。

「……キサマ、こっち側の人間だろ」

「うん？」

「同類だって話だ」

バッギスの瞳が、無表情のレニーを映す。

まるで鏡のように。

「何が楽しい？　殺しか、略奪か？　ともかく、キサマはわたしと同じような人種《クズ》だ。ニオイで分かる」

「それで？」

核心を突くように、バッギスが語り出す。

「こっちにつけ」

「つくわけないじゃん」

「まぁ、待て。最近殺しをやったか？　やったときのことを思い出してみろよ」

レニーの脳裏には命乞いをするジェックス・ストーカの顔が思い出された。フリジットに付きまとい、恋人のフリをしていたレニーを殺そうとした男。そして、レニー自身が殺した男だ。

「笑ってるぞ、キサマ」

勝ったと言わんばかりに、バッギスが歯をむき出しにする。レニーは自分の口を確かめる。

笑っていた。

「上玉を殺したときの快感は最高だぞ？　あのエルフを裏切って殺すときの想像はしたことあるか？　賊狩りなんて、やりたいことを抑え込む手段でしかないだろ？　賊なら殺してもいいからな！　真っ当な人間なら、わたしと同じようなロールにならない」

心の底を見透かすような瞳が、レニーを射抜いた。

「仲間なんだよ、わたしたちは」

悪魔が囁く。

「……嘘だ」

レニーは口を抑える。

「嘘じゃないさ」

「オレは……」

肩を震わせる。そんなレニーを見て、バッギスは抱き込めると確信したらしい。

「さぁ選べ。己を解放してやるんだ」

「解放、だって」

「そうだ、解放さ。お前の中の欲望を楽にしてやれ」

レニーはバッギスに手を伸ばした。

そして。

その頬を手で掴んだ。頬肉が押し出され、バッギスの唇が突き出される。

「フェ？」

「……遊びに付き合ってくれてありがとう、パップスくん」

手を離す。

バッギスは理解できないといった感じで目を見開いた。

「いやぁ、ずいぶん的外れなこと言い出すからさ、笑いをこらえるのに必死だったよ」

「え、は？」

「あぁ、演技演技。今までの悩む感じ全部演技」

レニーは笑いながら、バッギスの背中を踏んだ。

「人殺しに抵抗ないのは自覚してるよ。それだけだけど」

肩をすくめて、小バカにする。

「賊狩りやってた理由？　いやぁ、たまにお宝置いてあるよね？　絵画とか、アクセサリーとか見るの好きなんだ。何もないことが多いけどね」

「は？」

「つまんない魔物の解体とか素材見るよりそっちの方が楽しいじゃん。次の獲物は何持ってんのかなーって。あぁ、あと武器とか防具とか換金できるし結構お金になるんだよ。どこの職人が作ったのかとか気になるやつもあるし。そういや、キミが持ってた杭が飛び出す腕輪みたいなのどこで手に入れたの？」

バッギスの目が完全に点になっていた。

「そんな火事場泥棒みたいな、そんな理由で？」

信じられないといった様子で、レニーに聞いてくる。

「そ。あとキミみたいなのをおちょくるのが楽しい。いやキミ、勧誘が下手だよ、勧誘するならもっとカリスマ性を身につけてよね。例えば服着るとかさ。信頼勝ち取ってからとかさ。キミより美味《うま》い話考えてくれる人、今までたくさんいたって。ならず者《ローグ》相手ならまずお金で釣りなよ」

バッギスの顔がみるみるうちに赤くなり、しゅんと静まり返る。

「それで、暗器の類どこで手に入れたの？　ちょっと、もしもーし」

返事がない。ただの屍《恥ずか死》のようだ。

◆◇◆◇◆

ドナティーリ一味は教会で食事を楽しんでいた。海辺の小高い丘に建てられたこの教会は、ドナティーリ一味が襲撃し、乗っ取ったものだった。

檻《おり》の中に5人の子どもを閉じ込めて、酒を飲んでいる。子どもは誰もが怯えており、己の末路について想像し、恐怖していた。

「いやぁ、奴隷として売るにはいい歳ばっかりだな」

ドナティーリである男は自慢の顎髭を擦りながら、骨付き肉にかじりついた。

「兄貴、冒険者もそろそろ捕まった頃ですかね」

「だろうな」

子どもを攫った村。その村人の動向を探り、どこのギルドに助けを求めるか目星をつけた。ドナティーリは、先手を取り、助けに来るであろう冒険者のルートへ部下を送ったのだ。冒険者は良い奴隷になる。生け捕りにしてくるよう、部下に命じたのであった。冒険者といえど数の暴力には敵わない。集まったところで多くても2桁にはならない。

「俺らみたいなのは冒険者に甘く見られがちだからな。寝首かくのは楽なもんさ」

「駆け出しの若い女だったら最高ですね」

「あぁ違いねぇ」

盗賊団などの犯罪者集団相手というのは冒険者からすれば駆け出しの仕事だ。魔物を相手にする冒険者と、弱い人間を狙って襲う犯罪者、スキルツリーの成長度合いは段違いだ。スキルツリーの恩恵が大きければ大きいほど、戦闘能力の差は開く。

スキルツリーが成長すると共に技術も磨かれる。駆け出しは成長を実感しやすいから慢心もしやすい。仕事に慣れると次も大丈夫だ、次もいけると調子に乗る。そこを頭から叩くのがドナティーリにとっては快感だった。しかも、賞金を見る限り、実力を甘く見られている。となればカモだ。

噂をすれば影が差す。

教会の扉が開き、冒険者を叩きに行かせた部下が帰ってきた。

「おう、帰ったか」

「あ、兄貴」

青ざめた顔で部下がドナティーリを呼ぶ。

おかしい。

普通なら部下がぞろぞろと入ってくるはずだが、1人入ってきただけで誰も戻ってこない。

「俺らやべえのに手出したかも」

どさり、と。部下が白目を向いて倒れる。

その背後からエルフの女が出てきた。大剣をまるでそこらで拾った枝のように軽々と持ち、ドナティーリに剣先を向ける。

「ドナティーリ一味。子どもを返してもらいに来た」

「小娘が。調子に乗るなよ」

ドナティーリは立ち上がって、己に魔力を込める。

「おめえらは下がってガキども見張ってろ。こいつは俺が直々《じきじき》に可愛がってやる」

己の足元に魔法陣を浮かび上がらせ、表出した岩石が体にまとわりつく。そうして、岩の鎧が身を包んだ。ロックメイルと呼ばれる魔法だ。

土属性魔法。ドナティーリの得意とするものである。岩石の鎧はドナティーリに強固な守りをもたらす。

「嬢ちゃん、カットトパーズだったりするか？　だがな、俺は伊達《だて》にこの業界生き残ってねえんだわ」

魔法で生成した岩石を投げる。そして、ドナティーリは突撃した。

エルフは最小限の動きで岩石を避ける。しかし、岩石に気を取られたのか、隙だらけだった。

ドナティーリは肩を前に突き出してショルダータックルをする。

鎧で増した重量と、ドナティーリのパワー。それが組み合わさり、凶悪な突進攻撃と化す。

「死ねっ」

エルフは大剣を振り回すわけでもなく、手の平を前に出した。

岩の巨人のごとく、ドナティーリは突っ込んだ。

強い衝撃と、確かな感触。それを感じてドナティーリは笑みを浮かべる。勢い余って教会の扉を破壊し、外にまで突き進む。

だが。

強すぎてエルフの体を潰してしまったか、己の強さに心酔する。

「それだけ？」

信じられないことに目の前のエルフは小首を傾げるだけだった。片手で、ドナティーリの体を受け止めている。

「バ、バカな」

「バカじゃない」

ズレた返事をするエルフ。その得体の知れなさに戦慄が走った。

◆◇◆◇◆

子どもを閉じ込めた檻の前で男は談笑していた。

「あーあ。兄貴にやらせせちゃ使いもんになんねーよ」

「潰れた死体しか残らないからなぁー、ぱっと見、めちゃくちゃ美人だったよな」

外で何が起ころうと関係ないとばかりに話をする、男とその相棒。

これでも何度も冒険者を退けながら、このあたりまで進出してきたのだ。それが、男たちの自信に繋がっていた。自分たちもグラファイトの冒険者なら対処できる。相手をしたこともあった。何が冒険者だ、やつらなど大したことない。

そんな認識が男にも、おそらく相棒にもあった。

「勿体ねえな、せっかくの美人がよ」

したがって男が心配するのは我が身ではなく、相手の方だった。

「奴隷で売れれば高く売れるし、売れるまでに俺らで楽しめたのによぉ」

男は心の底から惜しんだ。相棒も強く頷く。

「しかし、よく1人でここまで来たよな。バッギスの兄貴も行ってなかったっけ」

「まさか勝てなかったってことか」

浮かんだ疑問を相棒が即座に否定する。

「なわけあるか。大方なんか手違いですれ違ったとかそんなもんだろ」

「大丈夫大丈夫。彼、ちゃんと負けたよー」

唐突に。

聞き覚えのない声で返事があった。片手間で返事をしたような、そんな適当なもの。

2人で顔を見合わせる。互いに頷く。こんな声の人間、仲間の中にいない、と。

視線を声のした方に向けた。

ガチャリ、と鍵の開く音が響いた。

「いやぁ久しぶりにやったけど上手くいくもんだな」

ソレは錠前を落として満足げに頷く。

檻の扉をロックしていた錠前だった。暗闇で詳細な容姿は分からないが、声からして中肉中背の男だった。背中にカットラスがある。

無論、そんな男は知らなかった。

明らかな侵入者だ。しかし、教会の入り口はずっと見張っていたはずだ。話をしながらも目線は外していない。他の場所から侵入したとしても仲間が気付くはずだ。

「てめえ、何してるんだ」

焦った様子で相棒が侵入者に迫る。だが、侵入者は振り返りもせずに裏拳で相棒を殴った。

「ぶへっ」

そしてそのまま、相棒が倒れる。

「この野郎！」

相棒がやられた、という事実に体が反射的に動く。反射的だったために気付かなかった。

なぜ自分以外の仲間が騒いでいないのか、そして侵入者が何者なのか。

男が最後に見たのは青い閃光だった。

◆◇◆◇◆

檻の前で、レニーは杖を虚空に向けていた。その先には男が倒れている。

今しがた男を撃って気絶させたからだ。男からすれば、青い閃光しか分からなかっただろう。

男が起き上がってこないことを確認し、残心《ざんしん》を解く。

そして、杖をホルスターに戻した。

「これで、全員かな」

檻の周りにいた10人ほど。レニーが全滅させていた。

賊を相手にするとき、重要になるのは相手を上回る技術だ。気配を消して根城に潜り込み、手薄なところから数を減らす。死角に入り、気絶させ、侵入さえ認識させない。教会の長イスや台を利用すれば容易《たやす》かった。

ローグを制すは、ローグだ。

レニーは檻の中の子どもの数を確認する。

報告にあった5人と、あともう1人。どこか別の場所で連れ去られた子だろうか。合計6人いた。

レニーは子どもたちを安心させるべく、なるべく優しい口調を心がける。

「初めまして。ぼ、ぼくはね、お父さんお母さんに雇われた冒険者なんだ」

レニーが檻を開ける。

「さ、家に帰ろうか」

助かった実感がないのか、子どもたちはすぐには出てこなかった。怖い目にあったからか、まだ少し怯えている。

その内、髪が長い少年が一番に出てきた。

「ありがとう、お兄ちゃん。とっても強いんだね」

一番現実を理解するのが早かったのか、笑顔で少年が褒《ほ》めてくる。レニーは周りの子どもとのギャップに違和感を覚えた。

「そこそこかなー、外で戦ってる女の子の方が強いよ」

「へぇ、そうなんだ。よかったー」

「そうそう……ん？」

よかった、ってなんだ？

疑問と同時。無造作に少年の腕が振るわれる。

隠しているが殺意があった。

「……っと危ない危ない」

レニーはバックステップを踏んで逃れていた。少年が空振りした手を確認し、残念そうにため息を吐く。

「楽に終われると思ったんだが」

とても子どもとは思えない鋭い目が、レニーに向けられる。

レニーの脳裏にバッギスとの会話がよぎった。

ドナティーリの話をしたのに「やつら」って言ってたのはこのことか。

「もしかして、兄弟ってオチ？」

「あぁ。俺が兄の方さ。俺の姿を見た者は生きていた試しがないがな」

ぐるんと、少年の体がねじ曲がる。

成人手前と思われる子どもの体が、一回り大きくなった。丸みを帯びた頬がこけ、純粋そうな瞳は鷹《たか》のような獰猛《どうもう》さをむき出しにする。

長身痩躯《そうく》の男がそこにいた。右手の人差し指に指輪をはめている。おそらく子どもの姿だったのは指輪《マジックアイテム》の効果だろう。骨格ごと変えているというよりは見た目を誤魔化すだけの効果のはずだ。

「わお、びっくり人間だ」

ドナティーリは腰から双剣を引き抜くと、野性的な笑みを浮かべた。

「まずは手始めに」

ドナティーリが後ろに向き、子どもへ刃を向けようとする。だが、その前に刃は弾かれ、檻の扉は閉じる。

「……白けることしないでほしいな」

レニーの魔弾だった。1発目で刃を弾き、2発目で檻を閉じたのだ。

すでにカットラスを抜き、ドナティーリに向けている。

「浮気《よそみ》は許さないよ」

◆◇◆◇◆

レニーはもう、子どもを助けられただろうか。

ドナティーリの拳を避けながら、ルミナは教会を見る。中までは暗くて見えないが問題ないだろう。レニーと組めば依頼が失敗することはない。そんな信頼がルミナにはあった。

「おらっ」

岩石が投げられる。牽制のつもりなのだろうが、ルミナにはなんの意味もない。埃でも払うように、岩石を払い落す。

「……ぜぇ、ぜぇ」

ドナティーリの岩の鎧がボロボロと崩れる。

土魔法で形成した鎧は一見強そうだ。まず並大抵の剣は通らないだろう。しかし熟練したものは鎧を使わない。

なぜなら維持に魔力を割いて無駄に消耗するからだ。

腕だけに岩をまとわせた方が全てが効率いい。

岩石もただ投げるだけなのは雑だ。逃げ場をなくしたり、回転をかけて威力を上げたり、やりようはいくらでもある。考えなくても経験だけで分かった。

「もう終わり？」

汗だくのドナティーリに対して、ルミナは涼しい顔のままだった。大剣も抜かず、相手が呼吸を整えるまで待っている。

ひとえにレニーのためである。注意を引いて子どもを助ける時間を稼ぐためだ。

「や、やるじゃねえか」

疲労で腕が上がらないのか、前傾姿勢のままだった。腰から何か瓶を取り出すと、それを飲み始める。そしてすぐに飲み干して空になった瓶を投げ捨てる。

「あーあ、いいのか、飲ませちまって」

勝ち誇った笑みに切り替えたドナティーリにルミナは頷く。

「どうせ大したことない」

ドナティーリの額に青筋が立つ。ギリ、と歯を噛みしめる音まで聞こえる。

「なら、その度肝抜いて後悔させてやる」

ドナティーリは両手を地につけると、魔力を解放し始めた。内に秘められていた魔力が噴き出し、風を巻き起こす。

「さっきの薬はな。魔力を回復させるだけじゃなくて強化するんだ。今までの数倍にな！」

濃い魔力が紫色を帯び、ドナティーリの周りを渦巻く。

「すごい」

ルミナはただ唖然と。

「涼しい風」

頬を撫でる風の感想を漏らすだけだった。

「て」

拳を震わせ、ドナティーリの顔が憤怒《ふんぬ》に染まった。

「て？」

ルミナが首を傾げる。

「てめえぶっっコロしてやらあああぁああっ！」

耳をつんざくほどの怒声。魔力は感情の影響も多少受ける。故に怒りの感情で魔力が膨れ上がった。

「オブクラッシャー？　何か魔法の名前？」

だがそれでも、ルミナは頓珍漢《とんちんかん》な空耳《そらみみ》をしてしまうほどに、緊張感がなかった。

◆◇◆◇◆

冒険者は死線を好む。

それは己のスキルツリーが成長する、確たるものだからだ。いつ成長するか分からないスキルツリー、鍛錬だけでは芽吹かない新たな境地《スキル》。それを求めて、冒険者はときに危機を望む。とはいえ死の恐怖がないわけではない。いざその苦境に立たされると、逃げ出してしまうものも多い。多くの場合、死の危機というのはギリギリ切り抜けられるものではなく、圧倒的な絶望感と共にやってくるからだ。

それでも歴戦の冒険者は死線を越える。

何度もやっていると人間、適応してくるらしい。

死線を好んでいると、副作用的に戦闘への適応が起こる。体ではない、趣味嗜好《しこう》の範囲でだ。好戦的とまではいかないが、強い相手と対峙した場合、最初に沸き上がる感情は「期待と興奮」だ。

「何を笑っている」

檻を背にし、レニーはカットラスで攻撃を捌《さば》きながら、投げかけられた問いに答えた。

「楽しいから」

例えばフェイント。目線の動きに誘導されて、不意を突かれる。足の動きで対応を決めるが、予想を裏切られる。

迫った死を、己の技量でもって流し去る。

その過程、結果。

全ての駆け引き。それが癖になる。

「ボルテックス」

ドナティーリが魔法を唱えるとレニーの視界から消えた。スピードを上げるものだろう。

「後ろと見せかけて」

レニーはカットラスを逆手持ちにする。

「上だ」

「ぬぅっ！」

脳天割りを鍔《つば》で受け、刃で流す。だが、防いだのは一対のうち片割れのみ。着地後の隙を埋めるように、二撃目が振るわれた。

レニーはカットラスを右手から左に持ち替える。順手で持ったカットラスで、二撃目を迎え撃った。

互いに力で押し切ろうとせず、距離を取る。

「やるぅ」

「……なぜさっきのように杖を使わない」

剣先を向けられる。

「使ってほしいかい？」

「使わない理由、当ててやろうか」

「なんだい」

まるで肉食獣のように歯を剝き出しにする。

「俺に当てることができないんだろう」

確かに、目の前の男はバッギスより動きが速い。バッギスが射線上から逃れていたように、ドナティーリも同じことができるだろう。

「さぁ、どうだろうね」

「答えているようなものだなっ！」

ドナティーリが駆ける。

間合いを詰め、竜巻のように己を回転させながら二刀を振るう。レニーはカットラスで受けつつも、自分の体も意図的に逸らした。

刃を凌《しの》ぎきるが、次に蹴りが飛んできた。

「あぶっ！」

咄嗟にシャドーステップを発動させ、後ろに下がる。

「シャッ」

逃げた先に、突きが放たれた。レニーは正確にその剣先を捉えると、カットラスで弾き上げる。

「弾き」という攻撃を正確に捌けた際に大きく補正をかけるスキルも乗って、相手の体勢を大きく崩した。

懐に、入る。

カットラスを横に振るう。

「ぐ」

相手は崩れたバランスを利用して上体を反らしながら跳んだ。そしてそのまま、後ろへ宙返りしてみせた。レニーの一撃は空を斬る。

再び踏み込む。

「うん？」

追撃を仕掛けようとするが、足が止まる。外から、かすかに紫色の光が見えたからだ。教会の中に、わずかな風が吹き込んでくる。

「魔力、か？」

魔力の色は、正直重要ではない。本人のイメージした通りの色に出力されるだけだ。炎を燃やすイメージで魔力を操れば赤くなるし、水をイメージすれば青くなる、そんな曖昧《あいまい》な性質だ。

ただ魔力が可視化されるほど放出される、という事態は異質だった。

周りに影響を与えて風を起こしたり、物を壊したりできるので、威圧目的でやる者もいる。魔法で脅す方が圧倒的に効率がいいが。単純にそれをやる余裕があるということは強いということなので、脅しとしては案外効果的だったりする。見た目も派手なので、印象も残りやすい。

ただ少なくとも戦闘中に、ましてや格上相手に行うものではない。

「弟が本気を出したか。もうあの女は終わりだろう」

「彼女、オレより強いのに？」

「たった1人でアレは倒せんよ」

腰のあたりから薬瓶を取り出し、飲み始める。

レニーは外を気にしながら、その様子を眺めるだけだった。

「なんだ、狙わないのか？　絶好のチャンスだというのに！」

ドナティーリの体から魔力が溢《あふ》れ出す。筋肉が膨張し、引き締まっていく。外見上は毛の生えた程度しか変わっていないが、大幅なパワーアップが起こっているのは火を見るよりも明らかだった。

「どうだ、素晴らしい力だろ」

溢れんばかりの魔力がドナティーリから放出されていた。外で見えている光も、おそらく同じ手段によるものだろう。

レニーは答えず、ただ黙って構えを解いた。

「フッ、この溢れ出る力に、恐怖を抱いたか」

自然体になったレニーに、ドナティーリは勝ち誇る。

「仕方あるまい。先ほどまで互角だったというのに、ここに来て圧倒的な差が――」

2発。

両肩を魔弾が貫いた。だらんとドナティーリの両腕が垂れる。

「あ？」

「どうしたの。何か不思議なことでもあったかい」

「……いつ、杖を抜いた？」

レニーの杖はホルスターの中だった。

「今」

「……このパワーを手に入れた俺が、見えないだと」

「あのさぁ、そういうの《過剰なドーピング》って判断力鈍るんだよね。細かいところに気が行かなくなる」

あくびをするレニーと、驚愕《きょうがく》に目を見開くドナティーリ。両者の態度は真逆だった。

「バ、バカな。こんなはずは」

「射線で予測されるならさ、予測されない速度で撃てばいいだけ。でしょ？」

こんな風に、と。

両膝を撃ち抜く。たまらず、膝から崩れるドナティーリ。その顎に膝蹴りを叩き込む。

「がはっ」

ドナティーリは意識を刈り取られ、仰向けに倒れた。無論、先ほどまで溢れ出ていた魔力は消えている。

「まったく。ガッカリだよ」

気絶したドナティーリに向けて、レニーは盛大なため息を吐いた。

◆◇◆◇◆

膨大な魔力が渦巻き、ソレは姿を現した。

積み上げられた岩の体。岩の巨体は、見上げるのが精いっぱいで全貌が分からなかった。頭があるか確認が取れない。その気になれば、教会などすぐに壊してしまえるだろう。ただ、ドナティーリの仲間も教会にいる。手出しはしないはずだ。

岩石で構成された人型ゴーレム。それが、ドナティーリの切り札のようだった。

「どうだ！　これが俺の、ゴーレムだぁあああ！」

もう見えないほど高いところまで行ってしまったドナティーリが叫んだ。おそらくゴーレムの頭部あたりにいるのだろう。あるとすれば、だが。

「おぉー」

ルミナの反応は拍手だった。相変わらずその表情に変化はない。

ドナティーリ側では、ルミナがどこにいるかぐらいしか分からないらしい。先ほどまで怒りのリアクションを繰り返していたドナティーリだが、ルミナの拍手には無反応だった。

代わりに轟音《ごうおん》を響かせながら、重厚な拳が振り上げられる。

「ぶっ潰れろ、女ァ！」

まるで天地がひっくり返ったかのような錯覚に陥るほど、巨大な拳がルミナに落ちてきた。

「大物。久々」

ルミナは逃げなかった。あまりにも巨大な敵にも、動じず、堂々と対峙した。左手に持っていた大剣。その握りに右手をかけ、鞘から引き抜く。鞘はそこらに放り投げた。どうせ戦いには使わない。地面に平行になるように、下段に構え、剣先を後ろへ向ける。

風がルミナの髪をかき上げた。その中で、ルミナは真っすぐ、敵を見る。

「えいっ」

降ってくる拳と間合いが合致した瞬間、ルミナは大剣を振り上げた。

剣圧と拳がぶつかり、轟音を響かせる。

そして、ゴーレムの片腕、肘から先が砕けた。

衝撃でゴーレムのバランスが崩れ、砕けた破片が、教会の建っていた丘を越えて海に落ちる。

「な、何いぃいいい！」

その影響で水しぶきが上がった。

「フンス」

ルミナは胸を張って、大剣を地面に突き立てる。

——ジャイアントキリング。

己より巨大な敵を相手にしたとき、己の身体能力を大幅に向上させる。さらに相手が己より強ければさらなるバフをもたらす。

ルビーになったルミナが持っている「称号スキル」だ。

称号スキルとは平たく言えばスキルの成長度にかかわらず、付与されるスキルだ。特別なスキルによって「授けられるスキル」。スキルの取得難易度は恐ろしいほど高く、まず称号スキルを与えられる人物に出会わなければならない上に、称号スキルを得る条件を達成しなければならない。称号スキルはホイホイと付与できるものではない、英雄級の活躍をして厳しい付与条件を乗り越えることで初めて付与可能となる。そして、付与可能となったスキルを、授かる

のだ。

故に、称号スキルの効果は絶大である。称号スキル1つで1人分のスキルツリーに匹敵する効果を持つ。その代償に発動条件が厳しいことがほとんどだ。ゴーレムはただ巨大なだけであるから半分ほどしかジャイアントキリングの効果を発揮できていないが、それでもこのくらいは余裕だった。

「おぉい！」

教会からレニーの声がしたため、ルミナはそちらへ目線を移す。

「瓦礫《がれき》自体は降ってきても守れるけど、丘ごと崩されたら正直厳しいから早めに倒してくれる⁉」

レニーの言葉にルミナが頷く。

「ぐっ、クソ。なんなんだお前はっ！　化物か！」

ルミナは姿勢を低くすると、大剣を上段に構えた。そして、大きく跳んだ。その跳躍力はゴーレムの巨体を軽く超える。

月を、背にする。

ゴーレムの額部分、そこにドナティーリがいた。下半身がゴーレムに埋まっている。

魔力をベルトに注ぎ、帯を伸ばす。そして、ドナティーリの体に巻きつけた。

「うわっ！　なんだこりゃ」

今度は帯を急速に縮め、急降下する。

魔力で生成された物質は形が維持できぬほどのダメージを与えると魔力に還る。そのためルミナの攻撃方法はシンプルだ。

一撃必殺《ぶったぎる》、である。

「や、やめろ、来るな！」

大剣に魔力を込める。帯をドナティーリから外し、そして斬った。込められた魔力が、大剣に宿る「斬撃《ざんげき》の範囲増加」の効果を発生させ、ゴーレムの頭に叩きつけられる。斬らないように避けたドナティーリが、真横で白目を剥いた。

そのまま、大剣を押し込む。

崖を滑り落ちていくように、ルミナはゴーレムの頭から胴体を斬っていった。魔力を込めて斬撃を強化したため、最初の加速が残ったままスムーズに切断する。

そして、ルミナの大剣はゴーレムを真っ二つに割った。

「大、成、功」

着地したルミナは振り返り、レニーに向けて人差し指と中指を立てたハンドサインを見せる。

後ろで、ゴーレムが魔力の粒子となって消えた。

◆◇◆◇◆

ロゼアの酒場にて、レニーとルミナは飲んでいた。依頼達成後の、祝杯である。

「いやぁ、まさかドナティーリが兄弟だったとは」

「ボクらで受けてよかった」

他の賞金首がいたこと、ドナティーリが兄弟であったことで難易度が見直され、報酬の額がかなりのものになってくれていた。

子どもたちはまだ奴隷にされる前の無傷な状態だったため、保護やケアはなく、すぐに村に帰された。ドナティーリ一味は無論牢獄行きだ。いずれ処罰が決定されるだろう。

「倒せたのはルミナのおかげだな」

「えっへん」

ルミナは胸を張った。言葉とは反対に無表情なのは変わらない。

「──お待たせしました！　ギガントステーキです」

どかん、と。

レニーの頭でも入りそうな、大きな器に山盛りのステーキが入っている。ルミナの注文だ。

「食べれる？」

「平気。余裕」

表情は変わらないものの、目の前のステーキの山に心底喜んでいるようだった。早速、フォークとナイフを持って食べ始める。レニーはエールを飲んだ。

ルミナは感情の起伏が少ない。レニーの記憶を辿ってみても、あからさまに感情を表に出したことはなかった。

それでも知り合った当初よりはいろいろな感情を読み取れるようになったのは、レニーがルミナと親しくなれているからだろうか。

「ボク。レニーの支援課の話を聞いたとき、不安だった」

「不安？　推薦したのに？」

「恋人のフリ、聞いてなかったから。ソロじゃなくなるかもって。でもよかった」

「パーティー組んだら絡みづらいかい？」

レニーが聞くとルミナは首を振った。

「レニーはいつも話しやすい。でも、ソロの方がいい」

「何それ」

「分からなくていい」

答えは教えないとばかりに、ルミナは肉を頬張った。

「でも、オレもルミナがソロでよかったと思う」

「どうして」

「ソロ仲間って大事でしょ」

ソロはあくまで、単独での活動をメインとする冒険者だ。孤独であるわけでも、他人を求めていないわけでもない。こうして依頼を共にする相手がいることも珍しくはない。

共感できる相手がいることは安心に繋がる。

「ソロ仲間……」

ルミナはステーキを頬張ると、俯いた。一瞬口角が上がっているように見えたが、気のせいだったかもしれない。

「ボク、レニーとなら……でもいい」

ぼそりと呟かれる。

「うん？　なんて言った？」

レニーの耳にはほとんど聞こえなかったため、聞いてみる。

「ソロ仲間。大事」

ルミナはエールの入ったジョッキを掲げて一気に飲み干す。

「いや、絶対違うこと言ってた」

レニーもジョッキを傾けて飲み干した。そして店員を呼んで追加を頼んだ。ルミナも追加を頼む。

「で、なんて言ったの」

ルミナは首を傾げた。

「酔った。忘れた」

「……それじゃ、仕方ないね」

「仕方ない」

絶対覚えてるでしょ、と。レニーは内心突っ込んだ。

4章　冒険者と事情

月の終わり頃のことだ。

レニーはサティナスの町を歩いていた。サティナスの城下町の入口である門を通り過ぎると露店が並んだ道を進み、中央の広場にたどり着く。その中心の噴水から見て真正面がロゼアとなる。

広場から左右と、ロゼアを避けるように正面に２つ、計４つ道がある。レニーはその広場で左奥の道を進んでいた。進み続ければ港にたどり着くが、レニーは入り組んだ道を慣れた足取りで進む。

実際、毎月通る道だった。

ある建物の前で立ち止まる。看板は金づちのイラストと鍛冶屋《かじや》の文字が掘られていた。その扉を開き、中へ入る。

「いらっしゃいませ」

愛想のいい女性が笑顔で出迎えた。店を入って右側に階段、正面にカウンターがある。

「レニーさん！　お待ちしておりました！」

「あぁ、どうも」

レニーは軽く頭を下げる。カウンターはショーケースとなっている。中には包丁や砥石《といし》、鍋などが並べられていた。日用品を扱っている鍛冶屋である。

「親方呼んできますね！　少々お待ちを」

店員はカウンターから出て階段を上がっていく。そして数分後、ガタイの良い男が店員と降りてきた。

「おう、レニーか」

赤茶の角刈りの髪に、切り揃《そろ》えられた整えられた髭。レニーが見上げるほどの背丈に、レニーの2倍はあるであろう筋肉。ジンガー、鍛冶屋の主人である。

「武器の手入れか」

「うん、頼むよ。これお金」

ジンガーが差し出した手の上に硬貨の入った袋をのせる。武器の手入れのための料金だ。

「任せろ」

ジンガーが中身を確認し、店員に渡す。店員がカウンターに戻っていくのを確認して、レニーは肩ベルトとホルスターを外した。

マジックサックだけ背負い、外したものを全てジンガーに渡す。

カットラスは刃の手入れ、状態がひどい箇所はパーツごと取り換えになる。杖は鉄が使われている部分だけを確認し、交換の必要がなければ返される。ベルトとホルスターは修理が必要ならしてもらえる。ただ、他の業者を頼る場合もあるのでその場合は時間がかかる。

「今回はカットラスとベルト類だけだな。杖は平気そうだ」

「いつ来ればいい？」

「優先してやる。３日後ってとこだな。金入れていた皮袋もそのときでいいよな」

レニーは頷く。

「助かるよ。追加料金あればそのときに言ってくれ」

「おう、待ってるぜ」

要件を済ませたレニーはマジックサックを担ぎ、杖を持って外に出た。

「あれ、レニーくんじゃん」

外に出ると、フリジット・フランベルがいた。ロゼアで受付嬢をしている、銀髪の女性だった。

「レニーくんもジンガーさんの鍛冶屋で包丁とか見てもらってるの？」

「いや、武器」

「うっそ！」

フリジットは大きく踏み込んで詰め寄ってきた。ふわりと、さわやかな香りが鼻を抜けていく。香水か、洗髪用の石鹸《せっけん》の匂いだろう。

「ここ、日用品専門だよ？　そりゃ、先代は武器作ってたし、今も腕がめちゃくちゃいいから武器作ってほしい人も結構いたけどさ」

「前にちょっと縁があってね。ここの仕入れ先の依頼も受けたりしてるからね。見返りさ」

「特別待遇なわけ」

フリジットの言葉に、まぁねと頷く。

「解体用のナイフとか、武器以外も全部ここのお世話になってるし、ないと困るんだ。それよりここに用なんじゃないの」

「包丁一式買おうと思って。冒険者時代の癖で1本で全部やってたんだけどやっぱり一通り揃えたいんだ」

「へぇ。料理するんだ」

「料理……えと、ま、まぁね」

なぜか目をそらされる。

「レニーくんはこのあと帰るの」

「いや、錬金術師の店行って杖見てもらうけど」

「その特殊なやつか。ほうほう」

顎に手を当て、頷く。その視線は、レニーが手に持っている杖に向けられていた。

「何？　というか顔近いんだけど」

後ずさる。

「ほう、顔が近くて何か困ることでも」

ずいっと、離れたぶん詰め寄られる。

視界を専有するフリジットに、戸惑う。視線を独占するようなオッドアイの瞳に、いたずらっぽい笑み。間近で感じる息遣いに、香り。いつもと違うカートルの私服……目立たないようにしているのか女性が一般的に着ている腕回りなどがベージュで、胸元からスカートまでが茶色の物を着用している。

キチッとした制服と違い、丸いネックラインで胸元が若干緩く、白い肌が眩《まぶ》しかった。腰回りにベルトを巻いているのもあってボディラインが強調されている。

親密な関係であれば距離感が近くなるのは自然なことだ。しかし、レニーはあまり好んでそうなるタイプではない。異性となるとなおさらだ。

「……キミは誰にでもこうなの？」

おそるおそる尋ねると、きょとんとされた。

それから、困ったような恥ずかしそうな、そんな顔をする。

「レニーくんだけだよ」

思考が固まった。どう返答すればいいか分からず、顔を真正面から見る。

「もしかして見とれちゃったりして？」

顔を覗き込まれる。

レニーは両手を上げた。

「とりあえず離れてくれ。圧がすごい」

「ちぇ」

ぷくりと頬を膨らませて、フリジットは少し離れた。

「ところで私、レニーくんの秘密が知りたいのです」

「秘密？　具体的に何を」

「例えば、その杖とか」

フリジットは人差し指を立ててウインクする。

「なので、錬金術師のところについていきます」

「いいけど包丁は？」

「今度じっくり選ぶことにするよ。それで、どこなのかな」

鼻歌まじりに歩き出したフリジットに、レニーはついていくことにした。

「そこ右ね」

「まさかの道案内⁉」

そのあとはしっかり前を歩いた。

◆◇◆◇◆

無言で前を進む。後ろでは鼻歌が聞こえていたが、飽きたのかやめていた。

「ねぇ」

「なんだい」

一度止まって振り返る。

「その杖ってここに来てからなんだよね。その前はどうしてたの」

レニーは歩みを再開しながら記憶をたどる。

「いろいろな杖を使ったよ。中々合うものが見つからなくて苦労した」

最初に使った杖は筒状のものだった。特殊なものであったが、古く、あまり使い込まずに壊れた記憶がある。製作者も分からず、場繋ぎで苦労した。指で摘むように扱うタイプの短杖を買って壊してを繰り返していた。自分に合うものを探し続けたが、ここにたどり着くまで見つからなかった。

「カットラスもここに来てからだよね。結構武器に悩んでた感じなのかな」

「悩んでたっていうか何も考えてなかったというか」

鍛冶屋のジンガーと知り合うまでは適当だった。依頼をこなせればいいと思っていたからだ。

彼からの提案《おなさけ》でカットラスを作成してもらい、今はそれを使い続けている。

「ま、こだわったから等級上がるものでもないしね。上がるつもりもなかったから、適当だったんだよ」

道を左に曲がる。

ならず者《ローグ》のロールの性質上、どうしても器用貧乏になりがちだ。サポート向きのスキルも、攻撃に適したスキルもバランス良く取得していけるが、極められるほど強いわけではない。

魔法での攻撃手段の最適解が魔弾系統に落ち着いているが、正直一定以上の強さを誇る魔物にはまともなダメージにはならないだろう。魔物相手に戦えないこともないが、厳しいことに変わりはない。レニーに向上心はなかった。

「レニーくん、もっと上に行けると思うけどなぁ」

「買いかぶりすぎさ」

「カットサファイアの受付嬢の言葉だよ？　やる気出してもいいんだよ？」

「考えとく」

等級ごとに圧倒的な差がある。現状で十分と思っているし、同時に限界を感じている。こんな有り様では上は難しいだろう。

「難易度高い魔物討伐してくれれば推薦できるんだけどね」

「一生縁ないかもね」

「でもさでもさ、ルミナさんいるじゃん。一緒に行かないの？　っていうか仲良くなったきっかけとか、どういう関係なのかとか、いろいろ気になるんだけど」

「え？　ソロ仲間」

「雑ぅ」

知り合った頃はカットルビーだった気がする。ルミナに関しては気付いたら一緒に依頼をこなす機会が増えていただけだ。

だはー、とため息だかよく分からない声を、フリジットは吐いた。

「あんな美人といて何も考えないの？　付き合いたいとかさ」

「ない」

というか美人というならフリジットも変わらないだろ、という言葉は呑み込んだ。フリジットが調子に乗りそうな気がしたからだ。

「えぇー、嘘ぉ」

「仕事だからね。割り切ってる」

お互いに食事以外あまりプライベートに踏み込んだことはない。ソロでの苦労を共感し合ったり、達成した依頼の祝杯で食事を楽しんだり、その程度だ。

逆に言えば、踏み込み過ぎない関係性に安心さえ覚えていた。

「女の子に興味ある？　まさか男」

「その先、言ってみな」

ニッコリ、と。一度振り返る。

フリジットは青ざめると、プルプル震えながら首を振った。

「ナンデモナイデス」

「賢明な判断ありがとう」

「じゃあさ、好みの女性いないの」

恋愛を考えたこともない。興味もあまりなかった。

それでも男の性《さが》か、女性に対して何も感じないわけではないが。限りなく薄い。

「逆に、キミはいるの？　好みの男」

「え、私？　私は……うん、私もいないかな」

「ま、いたら依頼なんてしないか」

見ず知らずの男に恋人のフリを頼む暇があれば、好みの男性を探して恋人にした方が早いだろう。

右に曲がって真っすぐ進む。

いつもは入り組んで遠く感じる道だが、会話をしているためかあまり気にならなかった。

「で。ルミナさんとはどこで出会ったの？」

「話戻ったね。ロゼアの酒場だよ」

「やっぱり相席なんだ」

「お互いソロだしね。ここに来たばっかりのときに話しかけて、相席してもらった」

「へぇ。依頼をたまに一緒にやるのもそこからだったりするの」

「かもね」

足を止める。行き止まりの区画に、店が1軒だけあった。

「着いたよ、ここだ」

レニーは、目当ての看板を指差す。そこには薬瓶が描かれていた。

「へぇ、ここ初めてだ。道具屋さんじゃないんだよね」

「薬とマジックアイテムが売ってるかな。杖と魔書とかも取り扱ってる」

魔書とは、杖よりも詠唱の補助や効果の強化、安定性に長けた特殊な本のことを言う。魔法系のロールでは憧れの一品となっている。極端な話、魔法を発動する速さと安定性は魔書、威力を突き詰めるとしたら杖が向いている。杖よりも高額で本という性質上、破損しやすいというのもあり、扱いには慎重を要する。

「魔書もなんだ、すごいね。もしかしてメリースさんもここだったり？」

「そういえばこの前会ったな」

メリースとは、現状、ロゼアで依頼をこなしている中で最強のルビー等級のペア「ツインバスター」の片割れの少女だった。魔書2冊持ちというとんでもない少女だ。もう1人はノアという両手剣使いの少年だった。2人とも無所属である。

個人の戦闘能力だけで言えば1番にノア、2番にルミナ、3番目にメリースと言われている。ほぼ僅差だろうが。

「ま、入ろうか」

レニーが促すと、フリジットが頷いた。

扉を開けて、中に入る。フリジットが続いて入った。

並べられた戸棚やテーブルには薬品やマジックアイテムや魔法の武具のレプリカがずらりと並べられており、名称と効果が書かれた紙が張られている。

部屋の奥に、長髪で癖っ毛の女性がカウンターテーブルを前に座っていた。部屋が暗いせいで青色の髪が黒っぽく見える。

童顔でメガネをかけており、頬にはそばかすがあった。だぼっとした白衣を着ている。

「おや、もう月末だったかな。レニーくん」

気取った口調で女性が話しかけてくる。レニーはマジックサックから硬貨の入った袋を取り出すと、杖と一緒にカウンターテーブルに置いた。杖のメンテナンス費用だけではなく、パトロンとしての支援金も入っている。女性はレニーを見上げると、視線をフリジットに移した。

「ほう。私というものがありながら浮気かね」

「付き合った覚えはないし、この子とも付き合ってない」

「どうも。ギルドで受付嬢をしています、フリジット・フランベルです」

「有名人じゃないか。エレノーラ・キャンディ、錬金術師だ。堅苦しいのは苦手だから気軽に話してくれたまえ」

「分かった、エレノーラ」

「話が早くて助かる」

エレノーラはメガネを指で押し上げて位置を直す。それから杖を手に取って見始めた。

「ちょっと見させてもらうよ」

「お願い」

「ねぇねぇ、レニーくん。商品見て回っていい？」

「いいよ」

レニーは周りを見渡しながら会話を続ける。

「薬品の位置変えたね」

「最近美容効果のあるポーションが売れてな、入口近くに配置してある。味がフルーティだから女性に人気だ。レニーくんもどうだね」

錬金術師を簡単に説明すると、魔法を使って特殊な道具や薬品を作る人間を指す。自分で開発したものをよく店に置くため、美容効果ありのポーションもエレノーラが開発して特許を取ったものだろう。最近道具屋を見ても置いていなかった。

「消費期限は？」

「普通のものより少し短いな」

「なら普通のでいいさ」

「残念。ふむ、杖は問題なさそうだ。返すよ」

杖を受け取る。

「何か面白いものある？」

「全てさ」

「あぁ、そうだね」

フリジットを見る。美容効果のあるポーションを、難しい顔をして睨んでいた。

「補充はいるか？」

「いらないね」

「今月は無理な早撃ちはしてないようだね」

マジックアイテムが置かれている棚へ視線を移す。

「……何回かしたな？」

「……した」

「魔力を浸透させてからならともかく、いきなり早撃ちすると回路が焼き切れるから控えるように」

マジックアイテムや魔法が刻まれた武具には、魔力を通す回路が刻まれるのがほとんどだ。生物のスキルツリーと同じような役割を果たす。ただ道具のため、酷使しても強化されるわけではなく、壊れる。

「エレノーラの杖が使いやすいからつい」

「さすがはバカ撃ちしすぎて杖を壊してた男だ」

はっはっは、と笑ってから、思い切り肩を叩かれる。

「そういえばレニーくんって魔弾撃つの早いよね。びっくりしちゃった」

「許さないぞ」

フリジットが感心したように呟いた。

「マジックバレットだけで言えば発動速度ナンバーワンかも」

褒められるが、レニー自身あまり褒められたものではないと知っていたため、素直に喜べない。エレノーラは眉をひそめて、レニーに訴えてくる。

「レニーくん、回路というものはだな。魔力を浸透させることで魔法の効果を高めたり、魔法を発動させるものなんだ。レニーくんの早撃ちに耐えられるよう、回路は丈夫にしてあるが、本来杖は前衛に守られながら後衛が扱うものだ。魔力を一気に流し込むようなものではない」

それは耳にタコができるほど聞いた言葉だった。

「分かってはいるんだけどさ」

「だけどさ、じゃない。まったく」

杖は普通もっと長い。魔法使い向けに魔法の威力増幅や、魔法の発動の手助けをするものだからだ。エレノーラの言う通り、前衛がいる前提だ。魔力を込める時間がせめて1、2秒は必要になる。

レニーが早撃ちするとして正しい使い方はまず、回路に魔力を浸透させてから、魔法発動前の状態でキープしておき、必要なタイミングで発動させることだ。ただ、素直にこれをやっていると、咄嗟の状況に対応できない、というのが本音だ。

それ故に、レニーは杖に魔力を押し流して魔弾を撃ち出している。魔力を浸透させずに、力技で魔力を行き渡らせるのだ。当然回路に負担がかかるため、限界が来やすい。たまに刻まれている回路が焼き切れて買い直すことがあった。特に、グリップの底面から差し込まれているサーキットというパーツは、予備を持っているくらいだ。真っ先に魔力を通されるのがそこであるため、中でも特に焼き切れやすかった。先ほどエレノーラが補充を聞いていたのはこのサーキットのことである。

「1発ずつならいい？」

「1発とはなんだ、1発とは？　連射してるのか、何回撃ってるんだ一度に」

「えと、最多で4発かな」

「……何秒だね」

何秒というレベルではなかった。説明ができないので手の人差し指と親指を立て、魔弾を放つジェスチャーをする。

「今見せればいい？」

「やめなさい。ちなみに今月は最大で何発だね」

「無理な連射なら1回だけ。3発撃ったね」

ため息を吐かれる。

「魔力合金でも仕入れようか……」

魔力合金とは長年魔力をなじませ続けた特殊な金属のことである。魔力が流れやすく、耐久性も高い。レニーが今使ってる杖は持ち手が木製で、棒部分が鉄だ。

木製の方が基本的に魔力の通りが良い。回路を刻んだ部分を木製にしておけば買い替えも楽だ。魔力合金はそんな木製のものよりも丈夫で魔力が流れやすい。希少性と性能でいえばミスリル鉱石には劣るものの、魔法使いには重宝されている。

「ちなみにオレの使用用途に合う杖を何も考えずに作るとしたらいくらかかる？」

「1千万取っていいかい」

「まけてほしいかな、さすがに」

「まけて1千万だ。完全にレニーくんに合うように作る。フルオーダーメイドだ」

「今の杖もそうでしょ」

「レニーくんが魔弾だけに特化した杖がほしいと無茶振りするから度重なる試行錯誤と実験の果てに完成したことは確かだ。だが、試作品に過ぎない。何せ製品にしても売れないからな」

「オレ以外にいないの、使う人」

「いない」

無言で顔をそらす。

「こいつで十分さ。エレノーラのお手製だしね」

「ほう、私の心血注いだ杖はいらないと」

「のってる感情が重すぎる……」

フリジットがカウンターまで戻ってくると、ポーションの並べられたテーブルを指さした。

「とりあえず美容効果ありの回復ポーション3本で」

「まいどあり。疲労回復に使うなら寝る前に飲むことをおすすめするよ」

「はぁい」

フリジットが硬貨をカウンターに置く。エレノーラは満足げに頷き、レニーから受け取った皮袋に料金を入れる。そして、奥の部屋に通じる扉を開けていなくなった。

「レニーくん。1千万、貸してあげようか」

「え、いや、いいよ。冒険者一生続けるつもりないし、他に買いたいものもたくさんあるし」

「買いたいもの？」

「家とか家具とか」

「ほしいんだ」

意外そうに見つめられる。

「一応夢だよ。好みの家に住んで余生を過ごすって」

「英雄目指してるとかじゃないんだ」

「はっ、自分の身の丈ぐらい知ってるさ」

エレノーラが戻ってきて、フリジットにポーションを渡す。受け取ったポーションを、フリジットはマジックポーチに詰め込んだ。エレノーラは続いてレニーに皮袋を返す。

「ならさ、想像してごらんよ。理想の家に冒険者時代に手に入れたすごく良い杖が飾られてるの。インテリアだよ、インテリア」

「無論レニーくん好みのデザインにしてあげよう。インテリアとしても十分価値のあるものだぞ」

2人に促されて、想像する。

家の壁にかけてある杖の姿を。デザインも完璧で、いざというときに身を守れる杖。

「一生使えるぞ」

「そうだよ。等級も上がるだろうから、すぐ払えるよ」

2人の悪魔《レディ》が楽しげに誘惑してくる。

「……いやムリ」

フリジットが肩を掴んでくる。耳元に息がかかった。

「気が変わったら言ってごらん。いつでも貸してあげるよ。すぐ手に入るよ？」

そんな囁きに、レニーは唾《つば》を呑み込むしかなかった。

◆◇◆◇◆

笑い声が路地に響く。

「気は済んだかい」

レニーが問うと、踊るようにフリジットが振り返る。

「ごめんごめん、気悪くした？」

「してないけど、からかうのはほどほどにしてくれ」

「からかってないよーだ。1千万貸すってのは本当だもん」

「どうして貸すんだい？」

フリジットと知り合ってまだひと月も経っていない。最初の依頼こそ恋人のフリであったが、特別親しい間柄ではないはずだ。大金を貸すなんておかしな話である。

「私はきみを結構評価してるんだよ。というか、以前からギルドの評価良いんだよ」

「なんで」

ソロで好き勝手活動しているだけで、他の冒険者との違いなんて感じていなかった。

「結構みんなダンジョン探索とか魔物討伐の依頼受けたがるんだよ？　冒険者って言えば、だしね」

「魔物素材売った方が儲かるからね」

レニーの言葉に、フリジットは頷く。

「でもきみは行商人の護衛とか、盗賊の討伐とか、薬草採取とか、いろいろ受けてくれるじゃない？」

「商人に恩売っといた方があとあと物に困らないし、賊の討伐はほぼ趣味みたいなものだし、薬草採取は武器を預けてる間だけだよ」

「それでもだよ。受付嬢になって分かったけど、人っていろんなことに困ってるの。駆け出しでも対処できるものが多いけど、駆け出しの冒険者もいつまでも駆け出しじゃないからね。だからこれからも頼りにしてるよ」

「……オレ、ロゼア所属じゃないんだけど」

「場所は関係ないよっ。ところで次は何かな」

無言で指をさす。

道の先、指さす方向には孤児院が建てられていた。

「あそこ。支援してる孤児院なんだ」

「……孤児院？　なんで支援してるの？」

「ここが一番嘘を感じなかった。だから任せられるかなって」

たどり着いた孤児院の扉を叩く。

「はい」

扉の奥から返事がし、しばらくして扉が開いた。

「お久しぶりです、リック神父」

出てきた金髪の男性に、レニーは頭を下げた。

「おや、レニー。そちらの方は」

「フリジット・フランベルと申します。リック神父」

頭を下げるフリジットに、リック神父は柔和《にゅうわ》なまなざしを向けた。

「これはこれは。リック・ヘンリーです。よろしくお願いします」

レニーはマジックサックから硬貨の入った皮袋を取り出した。

「今月分のお金です。クリスに」

「ありがとう。クリスに会っていかないかい？　あの子もきっと喜ぶ」

「いえ。遠慮しときます」

即答した。リック神父は残念そうに眉を下げる。

「そうか。じゃ、袋を返すから少し待ってほしい」

「はい」

孤児院の中へ戻っていくリック神父。その背中を見ながら、フリジットは小さな声で聞いてきた。

「クリスって誰？」

「賊狩りしてたときに売り飛ばされる直前だった奴隷の子どもを引き取ったんだ。精神的ショックでまともに喋れなかった。人間不信だったと思う」

「それでここに？」

「いくつか孤児院を見て回った。旅についてこさせてね。ここが一番信頼できると思った。それだけだ」

普通は親がいたり、ギルドに保護してもらったりするのだが、当時クリスは親もおらずギルド職員を怖がる有り様だった。そこでレニーが一時的に面倒を見ることになったのだった。

「会わないの？」

「オレに会うってことは嫌なことも思い出すってことさ。あと、子どもは苦手だ」

「……きっと会ってくれた方が嬉しいと思う」

袖を引っ張り、そう話すフリジット。だが、レニーは首を振った。

「オレが無理なんだ。どうしたらいいか分からない」

きっと奴隷時代に刻み込まれたトラウマがいくつもあるはずだ。旅の道中、怯えさせまいと散々コミュニケーションで困った。注意深く表情を観察して、なんとか嫌か嫌じゃないか見分けられるようになったが、クリスとのコミュニケーションが苦手なのは変わらなかった。一時的に付き合うのは構わない。ただ、一時的に付き合うというのを何度繰り返せばいいか、レニーには分からなかった。

昔を思い出していると、リック神父が扉を開けて戻ってきた。差し出された皮袋を受け取る。

「また来月に……あの、何か袋に入れました？」

空にしては重みを感じたので尋ねてみる。

「開けてごらん」

皮袋の中を確認する。紙に包まれたものがあった。紙の隙間から少し中身が見える。

「クリスの作ったクッキーだ。月末に君が来ることを知っているからね」

「……そうですか」

「だいぶ喋れるようになった。君も、心の準備ができたら会ってあげてほしい」

レニーは黙って頭を下げると、マジックサックに皮袋をしまい込んだ。

孤児院に背中を向けて歩き出す。

フリジットもどこか浮かない顔だったが、リックに頭を下げてからレニーのあとをついてきた。

路地に入る。

「レニーくん」

「オレは別に良心であの子を助けたわけじゃない。ついでと流れでそうなっただけさ」

自分の中にあるのは打算に妥協に、己の欲への素直さだけだ。だからこそクリスを助けられたし、だからこそクリスに会う気が湧かなかった。

「まぁでも、お返し考えとかないとね」

「おいしいお菓子屋さん紹介しようか？」

「今度ね」

今日は帰ってやることができた。

◆◇◆◇◆

3日後。レニーは鍛冶屋を訪れていた。

カウンターにはレニーのカットラスとベルト類、硬貨を渡したときの皮袋が並べられている。

「追加料金はなし。刃を研《と》いだのと、ベルトの古くなった部品を替えただけだ」

「ありがとう」

ベルトを巻き付け、自分に合った長さに調節を始める。

「一昨日《おととい》くらいかねえ、お前にここを紹介されたってお嬢ちゃんが来てくれたぞ。最高級の包丁一式とスタンド、砥石《といし》を買ってくれた。いやぁ、いいお客さんだった」

デレデレと語りだすジンガーに、レニーは3日前を思い出す。

「銀髪の子？」

「そうだ。可愛い子だったたな。今度紹介してくれよ」

ジンガーを睨む女性店員を見ながら、レニーは呆れた。それにしてもフリジットは元々この店を知っていたが紹介された体《てい》にしたようだ。割引目当てなのか、他の目的があるのかまで分からないが。そもそも、割引したかまで聞いていないので分からないし、聞く気もなかった。

「ジンガーは女の子、間に合ってると思うよ」

「なんでだよ。俺だって仕事で出会い少ないんだぞ」

「出会ってれば十分さ。ところでジンガー、キミって魔力合金扱える？」

「なんだ、藪《やぶ》から棒に。まぁ、貴族向けに特殊な鉱石使った調理器具とか作るからな。伝説の鉱石でも持ってこなければ、だいたいはイケるさ」

「さすがだ、ジンガー。頼れそうなときは頼るよ」

肩を軽く叩く。

ベルトの調節を終えたレニーはいつも通り、肩ベルトにマジックサックとカットラスを引っかけて背負った。それから皮袋をマジックサックへ入れる。

最後にホルスターに杖を仕舞う。

「世話になった。次もまた頼むよ」

「任せろ」

手を上げてから、鍛冶屋をあとにする。

外に出て空を見上げると、まぶしいくらい晴天だった。拳を突き上げて、軽く背伸びをする。

「さて、おすすめのお菓子屋さんとやらを聞きに行きますか」

レニーの足はいつも通り、ギルドへと向かっていった。

5章　冒険者と緊急事態

冒険者の依頼には様々な形式がある。

討伐、護衛、探索、採集、ギルド依頼。ざっくり分けてもこれだけある。

討伐は言わずもがな、魔物や盗賊などの討伐依頼を指す。基本的に依頼主がいて、難易度に見合った報酬が用意されている。魔物の場合は素材も要求されることもあるが、基本的に魔物の素材は冒険者やギルドの臨時収入となる。査定や売却など、ギルドの職員か提携している業者に任されるため、冒険者が受け取れる素材の料金は本来の半分程度だ。

護衛もその名の通り。行商人などの護衛を行う仕事だ。特筆することはほぼない。

探索については、その土地の魔物の危険性を調べる目的であったり、魔物の巣のマッピングであったり、目的は様々だ。ギルドが定期調査のため、冒険者に協力を仰ぐこともあれば、村や町、国から依頼が出されることもある。

採集は、商人や職人から必要なものを採ってくるように依頼されることが多い。依頼に出されたものは料金が割り増しになる。他の依頼と掛け持ちをしやすいのでついでに達成されることもある。基本的に冒険者が受注していなくとも、ものさえ売れば依頼を達成した扱いになることも少なくない。

ギルド依頼は、新人育成や昇格試験の手伝いが主となる。

このうち、探索とギルド依頼はギルド職員が行っていることも多い。

レニーが今活動の中心としているギルド、ロゼアでは、支援課という新しい部署ができたところだった。冒険者の相談や先述した探索、ギルド依頼の部分に相当する、ギルド職員が負担しがちな仕事を一手に引き受ける部署だ。

ただ、この支援課には問題がある。

「現状、私しか業務ができる人がいないんだ」

「はぁ」

受付を挟んで、レニーが会話をしている相手は、フリジット・フランベル。元冒険者の受付嬢であった。

「ギルマスと元パーティーメンバーが抱え込んだ資金で、いろんな業者と提携できてるし、制服もしっかりおしゃれなものを用意したから受付業務とか書類作業のできる優秀な職員が揃ってるんだよ」

「知ってる。助かってるよ」

採取してきた素材の査定も早い。受付の人数が多く、分業もできているからスムーズに依頼を受けられるし報告もできている。それはレニーも実感するところだった。

「でもね、でもね。他のギルドと比べると新参者なわけなの。ギルドに所属してくれてる冒険者は正直少ないというか」

ギルドはあくまでも冒険者が依頼を受けるための拠点にすぎない。ロゼアなどの複数のギルドが所属している、冒険者ギルド組合という大本《おおもと》の組織の、支部のようなものだ。

「ギルド所属の冒険者、何人だと思う？」

「大きいギルドは30、40人くらいらしいね」

ギルドも規模がある。ロゼアはギルドの施設の規模からして大きいギルドに該当するだろう。パーティーまるごとギルド所属になると考えて、地方のギルドでも10人ほどいてもおかしくはない。その場にいるパーティーによって人数の変動が激しいため、一概に何人いればいいというものではない。

フリジットは悲壮感溢れる表情で指を1本立てた。

「ルミナさんだけ！　うわーん！　しっかり新人育成できないよぉ」

わんわんとウソ泣きし出す始末だった。

ギルドに所属するということは、活動の拠点はそのギルドでなければならない。冒険者にとって目当ての依頼があるかどうかはギルドに張り出される依頼書次第だ。拠点を決めてしまえば、目当ての依頼が中々来ない、なんて可能性もある。

　そのためギルド所属とは、長年ギルドに居続け、貢献してきた冒険者を勧誘する。そして冒険者が望んでいないと成り立たない。

「パーティー単位でトパーズ級の冒険者は増えてきたの。でも、トパーズ以上の冒険者が少ないから」

「トップスリーとオレと、あと3人くらいだっけ」

　トップスリーはルビーのペア、それにルミナである。残りは全員トパーズでソロのレニーと、3人組のパーティーだけだった。

「しかもトップのペア冒険者はウチにまだ所属してくれてないし、ダンジョン探索と魔物討伐ばっかりだし」

「ルビーでしょ？　トップクラスのサファイアに手が届きそうなんだから冒険者としては名を上げたいでしょ」

「そうなの。そうなんです！　だからお願いだから助けてぇ。この間の依頼からまだひと月経ってないから！」

　両手を合わせて頼まれる。確かに「恋人のフリをする」という珍妙な依頼の表向きの形は「支援課の手伝い」だった。この間も近々支援課の手伝いを頼むと言われた記憶がある。

レニーは目線を下ろす。その先には、台の上に置かれた書類がある。

『グラファイト冒険者のカットパールへの昇格試験について』

昇格試験なんてできる人間は限られている。残念ながら、レニーはできる側だった。

「いいけど。監督権なんてあんま使ってないから知らないよ」

トパーズ以上の冒険者になると冒険者カードに「監督権」というものが付与される。自分の等級よりも下の等級の指導が許される権限だ。これにより昇格試験の試験官を務めたり、冒険者への「正式」な指導が行える。指導した冒険者の昇格試験への推薦も可能だ。

なぜトパーズ以上かというと、カットトパーズまでは順当に力をつけていけばなれるものだからだ。いわゆる熟練者もカットトパーズであることが多い。等級ごとの壁は高いものだが、特にカットトパーズから、つまりトパーズ以降の壁はさらに高くなるのだ。

等級ごとに一応目安となる魔物がいる。この魔物に対応できれば何等級相当である、といった風なものだ。

ルビーであれば「単独で翼竜《ワイバーン》の討伐ができる」が代表的だ。トパーズだと「ダイノドラゴに対応可能」であったりする。

翼竜は国が軍で対抗しても勝てるかどうかのレベルであるし、ダイノドラゴも翼竜にだいぶ劣るとはいえ、竜種という同じ分類だ。基本カットトパーズでは太刀打ちできない。トパーズになっても討伐はできず、撃退が精々だろう。逆に言えば、撃退が精いっぱいであっても、十分仕事になるほど高難易度なのだ。

つまりトパーズから、相手にしなければならない魔物の強さが段違いになるのだ。カットトパーズまでは弱点をつけばどうにかなる相手がほとんどで、逆にトパーズを超えると弱点などあってないような相手がほとんどになる。まぁ、ルビーやサファイアにしか対応できない依頼など年に数度あるときもあれば全くないときもある。ほとんどが運だ。トパーズ以上にしか対応できない依頼も年に数度程度だ。

そういった等級の高さを無駄にしないためにも、監督権が付与されるわけである。もっといってしまえば高難易度をこなせるようになったイコール冒険者としての知識、経験を網羅していると判断されるわけだ。

ただ、この監督権を行使するにはギルドから貸し出される教本に則った内容を指導しなければならない。独断で監督権を行使していた場合は等級を1つ落とされる。性質《タチ》が悪い場合には冒険者カード剥奪《はくだつ》もありうる。

「レニーくんなら大丈夫だよ、そこの書類に書かれた条件をクリアしてくれれば昇格認めていいんだから」

「簡単に言ってくれるね」

紙を1枚めくって、対象の冒険者を確認する。パーティー単位なようで3人くらいの名前が書かれていた。

「任せた、支援課のレニーくん」

「はーい」

レニーは内心、こう思った。

ものすごく面倒くさいの引き受けてしまった、と。

◆◇◆◇◆

リブの森林。

駆け出しからお世話になる場所だ。駆け出しは主に薬草採取となる。次に野生動物とほぼ変わらない魔物討伐が許される。キノコなどの採取もたまに依頼として巡ってくるが、毒物との見分けが付きづらいため、参考資料必須である。

その入り口でレニーは腕を組みながら、書類に目を通していた。

「えーっと、戦士くんは……剣と盾を持ってるキミね」

「はい！」

元気よく手を上げて返事をするのは、ショートソードと盾を背負った赤髪の少年だった。パーティーのリーダーらしく他の2人より一歩前に出て、堂々としている。

「次、射手くんは弓矢持ってるしキミか」

レニーから見て左側にいる弓と矢を持った少年を見る。青髪でどこか張り詰めた表情をしていた。緊張しているのだろうか。

「最後は魔法使いさんね」

反対側に少女がいた。短くした茶髪の少女で、樫《かし》の木で作られた初心者向けの杖を持っていた。

「キミらパーティー？」

念のため確認すると、3人とも頷く。全員成人したて……15歳か16歳といったところだ。

「後衛2人に前衛1人ね」

「あのーあなたの名前は？」

手を上げて戦士が聞いてくる。

「覚えなくていい」

「じゃあ、なんて呼べばいいんだよ」

当然の疑問を戦士が投げかける。敬語は冒険者同士ではほぼ使われない。せいぜい、ルビーレベルになったら崇めるように敬語を使われるくらいだろう。レニーも依頼主や村人と会話するときぐらいだ。

「好きに呼べばいい。先輩でも試験官でも。オレもキミらのことはロールで呼ぶ」

「どうして？」

今度は魔法使いの質問だった。

「試験では現在の等級より上の魔物を相手にする。具体的にぶっちゃけちゃうとゴブリン・ソルジャーだ。緊急事態もあり得る」

「そのときは助けてくれるんだよね」

「助けるけど咄嗟に名前が出ないと困る。覚えが悪くてね。ロールの方が分かりやすい」

書類を片手にレニーは3人に話す。

「キミらがカットパールに上がったとして障壁となりうる存在がゴブリンだ。討伐依頼が出やすいし、上位のゴブリンがリーダーになっていることが多いから寝首をかかれやすい。リーダーの代表例がゴブリン・ソルジャーだ。キミら全員で戦ってギリ勝てるかどうかだろう」

「それって大丈夫なの」

「勝つ必要はない。逃げられる余力があれば万々歳ってとこ」

「勝てないと、どうなるんだ」

射手の視線に、レニーは答える。

「オレがやる。それだけだ。総合的に見て合格なら勝てなくても合格だし、逆に勝てても総合的に見てダメそうなら不合格」

読み終えた書類をマジックサックに入れる。

「何か質問は？」

「はい」

「じゃ、戦士くん」

「試験官が昇格試験のとき、ゴブリン・ソルジャーは倒せたのか？」

レニーは昔の記憶を掘り返す。そもそも、同じ試験内容だっただろうか。あまりよく覚えていない。さすがに魔物を相手にする回数が他と少ないからといって全くやってないわけではない。ゴブリンの相手は腐るほどやっていた。

「覚えてない。ソロだったたし助けてもらったかもね。他は」

「はい」

「射手くん」

「薬草採取などは並行してやってもいいのか？」

「構わない。加点にもなる。そこは通常の仕事と同じだ」

射手は頷く。どうやら分かってくれたらしい。2人から質問をもらったので、魔法使いに顔を向けた。

「魔法使いさんは質問ある？」

首を振られた。

となれば、試験本番である。レニーはリブの森林を指さす。

「じゃ、後ろからついていくから頑張って。質問はいくらでもしてくれて構わない」

3人とも緊張した面持ちで森の中に入っていく。レニーはその後ろをついていった。

先頭を戦士が、その次を魔法使い、最後に射手といった順番で歩いていく。狙撃が行える射手が後方にいるのは間違っていない。おそらく索敵に使えるスキルも持っているだろう。魔法使いは敵へ有効打を与えやすいが隙ができる。戦士で前を守り、射手が抜けてきた敵や後方を守れる位置。定石《じょうせき》だ。

いつものルートでも決まっているのか、3人はある程度迷わず進んでいった。おそらく薬草採取のルートだろう。魔法使いがメモを確認しながら、たまに薬草を抜き取っていく。根っこまでは抜いていない。問題なかった。模範的と言える。

「……いた」

戦士がある場所で止まると、後方に手を伸ばして他の2人を制す。木々の間から覗き込むように先を見た。レニーも気配を消しながら覗き込む。

ゴブリンがひらけた場所で兎《うさぎ》を解体していた。中心にはゴブリン・ソルジャーもいる。
1、2……通常のゴブリンは4匹。ソルジャーは1匹。平均的な数だ。
3人は軽く話し合うと行動を開始した。

魔法使いが魔法を準備している間、射手が攻撃を開始する。放たれた矢が1匹のゴブリンの肩に刺さる。

「グギャアア！」

「今だ！」

ゴブリンが悲鳴を上げている間に戦士が木々の間から飛び出してゴブリンに斬りかかった。射手が矢を当てていたゴブリンは痛みで地面を転がっていたため、あっさり仕留められる。そこから驚いて固まっているゴブリンの頭を叩き斬った。

「マジックバレット！」

魔法使いの杖から拳大の魔弾が放たれ、ソルジャーを襲う。

「ごぎゃ!?」

ソルジャーは驚きつつも腕で頭を庇う。簡単な手甲《てっこう》があったため、マジックバレットは当たりはしたものの大きなダメージとはならなかった。

そして、ソルジャーは盾を真っ先に拾う。同時に射手の矢がソルジャーを襲った。ソルジャーは盾で矢を弾きながら剣を拾い、叫ぶ。

「ギャアアァ！」

剥き出しの敵意。それが魔法使いと射手に突き刺さった。

「第2射」

「分かってる、マジックバレット！」

魔法使いがソルジャーに魔弾を放つ間に射手は3本目の矢を番《つが》えると、今度は戦士が戦っている方へ撃った。戦士とゴブリンの間を矢が抜けていく。それにゴブリンがひるみ、その隙をついて戦士が剣を突き刺す。ゴブリンは残り1匹だ。

「クキィ！」

飛びかかるゴブリンの一撃を戦士は盾で弾き、顎に蹴りを入れる。

「グゲエッ」

「終わりだ！」

喉に突き刺していた剣を引き抜き、蹴られて倒れたゴブリンの胸に剣を下ろした。

「グエッ」

ゴブリンの胸に難なく剣が突き刺さり、絶命した。これでゴブリンは終わりだ。

残りはソルジャーのみ。

「ギエェエエ！」

叫ぶソルジャーは魔法使いの魔弾を盾で弾くと突撃してきた。魔法使いも射手も急いでその場から離れる。

レニーは木の陰に隠れながら、戦士の方へ近づいた。

射手がけん制しながら戦士の後ろに移動する。魔法使いも戦士の後ろで杖を構えた。ゴブリンを踏みつけ、胸から剣を引き抜いた戦士がソルジャーと向き合う。

レニーは姿勢を低めた。

「クエェエ！」

方向転換したソルジャーが3人に向かってくる。戦士は盾を構えると迎え撃った。

「でやぁ！」

剣を横薙ぎに振るう。ソルジャーは急に足を止めると後方に飛んだ。剣は空振りに終わる。

今度はソルジャーが剣を振るった。戦士は避けられず、盾で受ける。力を受け流すことができず、やや体が浮いた。

「うわっ」

「させるかっ」

射手が横に跳び、ソルジャーへ向けて矢を放つ。ソルジャーは盾で矢を難なく受けると、大口を開けて戦士に迫った。

小柄なゴブリンだが、ソルジャーは人間とほぼ変わらない体格と肥大と言っていい頭を持つ。牙も立派な武器だった。

「このぉ！」

戦士が剣を突き出すとソルジャーは口を閉じて、それで剣を受け止めた。ソルジャーの口の端が吊り上がる。

「ひっ」

戦士の顔に恐怖が浮かぶ。ソルジャーが斬りかかるのを見るや否や、レニーは脚に力を込めた。

「シャドーステップ」

加速効果のある魔法を仕込むと、そのまま突撃する。ソルジャーの刃が戦士に届く前に、レニーのカットラスが刃を受け止めた。

「うわぁっ！」

思わず剣から手を離す戦士。刃を弾き上げ、レニーは間髪入れずに戦士の腹を蹴った。万が一、戦闘に巻き込まないための非常処置だ。

「げふ」

戦士が地面を転がり、魔法使いのところで倒れる。

「げほっげほっ」

「大丈夫!?」

咳き込む戦士に、魔法使いが駆け寄った。遅れて射手も傍に行く。

ソルジャーは剣を吐き出し、レニーから距離を取ろうとする。だがレニーは許さなかった。

「遅い」

間合いを詰めた。ソルジャーの首に迷わず、カットラスを振るう。

ソルジャーの頭と胴体が分かれた。

◆◇◆◇◆

「さて、3人ともお疲れ様。これで試験は終了だ」

森の入り口で、手頃な岩に座りながらレニーは3人を労《ねぎら》う。だが、3人は浮かない顔をしていた。

「どうだい、試験の感想は」

「……もしかしたらソルジャーを倒せるかもしれないって思ったけど、全然無理だった」

戦士が呟くと、射手が頷いた。

「もっと戦えると思ってた。ゴブリン相手には上手くいっていたし」

「魔法も防がれて、ダメダメだった」

3人ともソルジャーを倒せなかったことがショックだったらしい。

「キミらで倒せるわけないじゃん」

レニーがにべもなく言うと、3人とも目を丸くした。

「パールの冒険者がいないと、まず無理じゃないかな。ソルジャーはカットパールで倒さなきゃいけないんじゃなくて、倒せたら一人前のパールって感じかな。あ、パーティーで倒せればいいからね。ソロでやろうとしないように」

「でも試験なんだよな」

普通試験で魔物の相手をすると聞けば倒せばいいと考えがちだ。そして倒せないとまずいと躍起になる。だから試験開始前に念を押しておいたのだ。いざ戦いになると頭からすっぽり抜けてしまうだろうから、あまりアテにまではしていないが。

「格上相手にどれだけ立ち回れるかも重要さ。立ち回りで加点、逃げ時を見極められなかったで減点、プラスマイナスゼロって感じかな」

「勝てなくても合格するってそういうことだったの」

「そゆこと。合格ラインは超えてるだろうからギルドからの結果を楽しみにしててね」

ゴブリンまでの道中、ゴブリンの撃破数、連携……カットパールに要求される能力は満たしていた。

「さて、どうする？」

「どうするって」

戦士が顔を上げる。

「目の前に先輩冒険者。試験は終わり。キミらは何がしたい？」

レニーが聞くと、おそるおそる魔法使いが手を上げた。

「その、どうすればソルジャーを倒せたのかなって」

「魔法使いさんは魔法の撃ち方かな」

「……撃ち方？」

レニーは岩から降りて手のひらを前に出す。

「マジックバレット」

手のひらに小石程度の魔弾を作ると虚空に飛ばす。

「キミ、こういう撃ち方だよね」

「そうだけど」

レニーは左手を皿でも持つような構えにし、その上に魔弾を生成する。そして右手の指でそれを弾いた。

同じサイズの魔弾が、しかし先ほどよりも明らかに速く飛んでいく。

「普通に放つよりも何か衝撃を与えて放った方が早く飛ぶ。これをイメージでやるんだ。固めた魔力を叩いて弾き出す。これだけで変わる」

レニーは今度は右手の人差し指を前に向け、親指を立てた。人指し指の先に魔弾が生成される。

「バァン」

声と共に右手を上げる仕草をする。すると、先ほど指を弾いたのと同じ速度で魔弾が飛んで行った。

「すごい……」

「飛ばす、のイメージは千差万別さ。魔法って結構、工夫次第なところあるんだよね」

「あとは魔力の練り方だね」

再度人差し指を前に向ける。今度は魔弾ができるが、すぐに縮んでまた膨張し、また縮む。

「圧縮ってやつだね。なるべく魔力を密集させるというか、一か所に押し込みまくる」

魔弾の青い輝きが増してきて、指先で小さな風が巻き起こる。

「誰か上に石投げてくれる？」

「分かった」

射手がすぐに手頃な石を拾うと、レニーの当てやすい位置に投げてくれた。そこへ魔弾を放つ。魔弾が当たると、すぐに石が破壊された。

「ね？」

「はへぇ」

魔法使いが感嘆の声を漏らす。

「初めて知った、すごい」

「ま、教わる機会も少ないし、上の魔法使ってたら、ある程度身につくから知らない人も多いよ。応用効くかどうかが一流と三流の差さ」

魔法とは平たく言えば魔力のコントロール技術だ。詠唱できないモンスターが魔法を使ってくるのも、無詠唱で撃てる魔法があるのも、魔力をどう操るかが明確に決まっているから可能としているだけだ。

言葉によってイメージを自動化し、自然な魔力コントロールを可能とする。詠唱はその知恵の結晶だ。また、名前が分かれているからこそ段階を知り、コントロールを知り、多彩な魔力操作を可能としている。

同じマジックバレットでも人によって全く違うのだ。

「1回オレに撃ってみる？」

「いいの？」

「試したそうな顔してるし」

魔法使いは笑顔で杖を構える。杖の先をレニーに向け、その先の空間を支えるように左手を置く。弓矢を引くような手の位置で、足先は前に向けている。

拳大の魔弾がすぐにできた。

「マジック、バレット！」

レニーに向けて、マジックバレットが放たれる。ソルジャー相手に撃ったものよりも明らかに密度が高く、そして速い。

レニーは杖に手をかける。

炸裂音が響くと、魔弾は消えており、レニーは無傷でその場に立っていた。

「オーケー、いい威力だ」

「え。それより試験官、何したの？」

「杖抜いて、マジックバレットで相殺《そうさい》した」

「早すぎる……」

射手が愕然《がくぜん》とレニーの杖を見た。

「射手のキミは位置取りかな」

「位置？」

「森の中なら木の上とかもありだからさ。上から見下ろせば状況も見えやすい。逆に」

レニーは杖を持ったまま、射手の懐に入った。そして顎に杖の先を向ける。

「接近してもいい。弓矢だから距離を取りたがるだろうという不意をつける。ま、キミがどんな戦闘スタイルにしたいかによるかな」

冷や汗を流す射手の前で、杖をホルスターに入れた。

「戦士くんは、意識を変えようか」

レニーは射手と魔法使いを手で指す。

「ほら、キミら３人で戦ってるわけでしょ。前衛は常に前に居続けなければならないわけじゃないし、魔物を相手にし続けなければいけないない道理もない」

レニーは３人から離れてカットラスを抜く。

「オレがここにいて、戦士くんがオレを食い止めるとしよう」

戦士がレニーの前に立つ。剣を抜いて構えた。

「まずオレが劣勢になって後退しようとしたとしよう。どうする？」

「追いうちをかける」

「誰が？」

「え、俺じゃないの？」

「やってみな。大丈夫。オレが怪我《けが》したら加点にしてあげる」

嘘だ。そんなものを勝手に加点対象にはできない。ただ、そう言えばやる気が出るだろう。

「え、えっとじゃあ」

レニーがバックステップを踏む。そこを戦士が剣を振りかぶって追いうちをかけてきた。すかさずサイドステップを踏み、剣を避ける。

「あ」

二撃目に移ろうとした戦士が動きを止める。レニーの杖の先が魔法使いに向いていたからだ。

「元の位置に戻ろうか」

互いに構えを解き、元に戻る。

「次、射手くん。矢を構えて」

「分かった」

「実戦じゃないから手順を教えよう。オレがバックステップを踏む。そこで追いうちをかけるのは射手くんだ。で、矢を避けたら戦士くんが斬りかかる」

カットラスを構える。

「んじゃ、行くよ」

バックステップを踏んだ。その先を射手の矢が襲う。レニーは難なく横に跳んで避ける。そこに戦士が斬りかかった。2回連続でステップを踏んだ故の足の負担と、2人を相手にしなきゃならないという意識。それが回避を不可能にする。

レニーはカットラスで剣を受けた。

「よし」

互いに構えを解く。

「この間に魔法使いさんがマジックバレットを準備してたら、戦士くんは一撃加えて下がればいい。もし敵が動いたとしても射手くんか魔法使いさんが間に合わせる」

「俺、前出て戦うことしか考えてなかった」

目からウロコ、と言わんばかりの顔で戦士は呟く。レニーは頷いた。

「みんなそうさ。そしてルビーとかサファイアまで昇り詰めるやつはそこが違う。一瞬の判断、連携の精度、戦局の理解……どこまで煮詰められるかだ。ま、実戦重ねて強くなりな」

そう言って、レニーは戦士の肩を叩いた。

◆◇◆◇◆

レニーは寝ぼけ眼《まなこ》のまま、酒場の天井を眺めていた。慣れない報告書を徹夜で作成し、先ほどフリジットに提出してきたところだ。グラファイトの冒険者は遅くとも1週間後にはカットパールになれる見込みだそうだ。レニーだけでは昇格させられないので、あとは報告書を読んだギルド職員次第だろう。

「レニー」

名前を呼ばれて、天井から目を落とす。

同じソロの冒険者であるルミナがいた。あくびをしながら、大剣を壁に置く。そして向かい側の席に座られた。

「眠そう」

「お互いにね」

席に案内されてから注文さえしていなかった。

「何か頼んだ?」

「まだ。エビと海藻のオープンサンドと……コーヒーにしようかな」

「同じの頼む」

「ふぁーい」

レニーは手を上げて、店員を呼ぶ。サンドとコーヒーを2つずつ頼むと、脱力した。

「昇格試験の報告書出した？」

「出した」

「ボク、これから」

「食べてからの方がいいよ」

「そうする。難しい、から」

ルミナは酒場の出入り口に目を向けた。

「フリジットに教わりながらやってる」

「へえ。オレはグラファイトの子の昇格試験だったけど、キミはどの等級の昇格試験担当したんだ」

「カットトパーズ」

「どうだい？　新たなトパーズは誕生しそう？」

首を振られた。

昇格試験はトパーズから合格率が極端に低くなる。緊急事態に対応可能である判断力と戦闘能力が求められる他、監督権の付与にふさわしい規範意識など、求められる事項が増えるからだ。数度落ちてやっとトパーズになれる者もいれば、なれずにカットトパーズのまま、という者も少なくない。

「パーティーだった。あれは、危ない」

「ルミナが言うんなら相当だな」

「リンカーズの完成度、改めて感じた」

リンカーズは、このギルドで活躍しているトパーズの3人組のパーティー名だった。あまり絡みはしないが、探索の補助を頼まれたときがあったたし、酒場で仲良さげに駄弁《だべ》っているのをよく見かける。

基本的にペア、パーティーを組んでいればチームの名前を決め、それで呼ばれることが多い。

「依頼をこなせればいいカットトパーズと多くを求められるトパーズじゃ、そりゃ練度が違うさ」

「お待たせしました、エビと海鮮のオープンサンドとコーヒーお2つずつです」

目の前に食事が並べられる。皿の上にオープンサンドがあった。円形に切り揃えられたパンの上に、海藻と野菜、そしてエビが散りばめられている。全体的にサンド用のソースがかけられていて、彩りが鮮やかだった。

「じゅるり」

ルミナは平坦な声で言った。

互いに軽く祈りを捧げてから、ナイフとフォークを持ち、食べ始める。

サクッとした外側に、内側はふんわりとやわらかなパン。パンの内側に染み込んだソースとエビのプリッとした食感がたまらなかった。

「美味いなぁ」

夢中で食べているルミナも、頷いた。リスのように頬を膨らませている。

「レニー、しないの？」

「カットルビー、なれる」

「昇格かい」

「ご冗談を」

レニーの実力がカットルビーに届かないことは、レニーがよく知っていた。

「冗談じゃない」

「魔物の強さに、ついてけないよ。無理無理」

手をひらひらと振る。

「キミと組んだときだってトドメはキミ任せじゃないか」

レニーには攻撃手段がカットラスと魔弾しかない。使える闇属性魔法は攻撃魔法よりも補助寄りだ。人間相手には有効な攻撃手段を突き詰めていたが、これには致命的な欠陥があった。

強力な魔物相手にダメージを与えられない。戦士系ほど、剣技を習得しているわけでも一撃が重いわけでもなく、魔法系ほど魔法の火力を突き詰めているわけでもない。そんな中途半端なローグのロールの弱さが、上に行けば行くほど滲《にじ》み出るのだ。

「魔法、メリースより早い」

「魔弾だけね。相当なハンデもらってるし、直接勝負したらオレが負けるよ」

「でもメリース、負けてる」

「誰が、誰に、負けてるってぇ？」

噂をすれば影が差すとはまさにこのことだった。視線を向けると、少女がいた。

背が低い。

椅子に座ってるレニーと目線がほぼ変わらない。黒いとんがり帽子を目深《まぶか》にかぶり、黒に白い装飾の入ったローブを身にまとっている。腰にはホルスターに収納された魔書が2冊ある。

琥珀《こはく》色の瞳には強い対抗意識が燃え盛っていて、可愛らしい顔には青筋が立っていた。

このギルドにいる最強のペア、ツインバスターの魔導士メリースだった。

隣には困ったように笑みを浮かべる少年がいた。布の服からのぞく腕や首からのわずかな情報だけでも無駄なく鍛えこまれた引き締まった体をしているのが分かる。両手剣を背負っていた。

青髪に碧眼、優しげな相貌。

メリースの相棒、ノアだった。

「メリースが、レニーに」

ルミナがにべもなく言うと、眉間に皺が刻まれた。

「ルビーが、トパーズ如きに負けるわけないでしょ！」

「まぁまぁ」

ノアがメリースをいさめるも、メリースは落ち着かなかった。

「なんなら今ここで勝負してやってもいいわ。ボッコボコにしてやる」

「普通勝てる。負けるのがおかしい」

ルミナの目線がレニーに向き、メリースは顔を真っ赤にさせた。

「ルミナ、相手のこだわってるもので煽《あお》らない方がいい」

レニーがそう言うと、ルミナが縮こまった。

「ごめん」

「フンっ！　いいわよ、コーヒー飲み終わったら勝負しなさい！　アンタの相手なんて朝飯前なんだから」

「さすがに依頼明けだから俺らも食べてからにしよう。な？」

「ムキーっ」

ノアに連れられて、メリースが他の席にいなくなる。

「これ、相手しなきゃ怒られるよな」

レニーはため息混じりのあくびをして、天井を見上げた。

◆◇◆◇◆

以前喧嘩をしたときは広場でやったが、あれは噂を確実に広めたいという目的があったからで、ギルド内に戦闘ができるスペースがないわけではない。

中庭だ。

長方形に空けられたこのスペースは休憩をしたり、ちょっとした戦闘指南をやったりなど利用用途が多い。激しい戦闘は無理だが、そんなものはどこでも基本的に無理である。

レニーとメリースはある程度の距離を取って向かい合っていた。間に、審判役のルミナとノアが立っている。

「ルールはいつかのやつでいいよね」

ノアの問いに、レニーもメリースも頷く。

「ルールは簡単。俺がコイントスをするから、コインが地面に当たった直後に魔弾を撃ち合う。それでより距離を稼いでいた方の勝ち」

要はどっちが早く魔弾を撃てるかという単純な勝負だった。魔弾は相殺されるので周りの被害もこちらの怪我の心配もない至って平和なものだ。

「おぉい、早撃ち勝負だ、早撃ち勝負！　どっちに賭ける？」

「どっちが勝つかな」

「そりゃやっぱメリースじゃねーの」

「バッカお前。前回はレニー勝ったんだよ」

「まじかよ、じゃあ分かんねえな」

そしてなぜか野次馬がそこそこいた。何なら休憩してるらしいギルド職員もいる。ルビーの冒険者3人が揃っているのも相まって、何事か気になったのだろう。

レニーは頭を抱えた。

「ノアはどっちに賭ける？」

「そりゃメリースだけど。ルミナさんは？」

「レニー。ベットしてくる」

「じゃ、今回の報酬、俺のぶん半分賭けちゃおっかな。よろしく」

ノアは硬貨をルミナに渡す。ルミナは頷くと賭け事を始めた冒険者たちのところに持って行った。

ルビーの冒険者が賭け事をするな。レニーは内心突っ込んだ。

「バッカじゃないの！」

レニーと同じような感想を抱いたのか、当然の罵倒《ばとう》をノアに飛ばすメリース。

「メリース勝つし、大丈夫でしょ」

だが、ノアはあっけらかんとメリースに言ってのけた。それを聞いてメリースは服の袖で口元を隠す。

「は、恥ずかしいこと言うなしっ」

顔が真っ赤だった。

いや、丸め込まれるな。

メリースは気を取り直すように、レニーをキッと睨む。

「この間は酔ってたけど、今回は全力だかんね」

「……そうだっけ」

曖昧な記憶を掘り起こす。

確かに、メリースが酔った勢いで「アンタ魔弾撃つの超早いらしいじゃない！　勝負しましょ勝負」と言ってきて、勝負になったのだった。

なんなら自分もベロンベロンに酔っていた気がする。酔ってノリノリで勝負を受けた気がする。

「お待たせ」

ルミナが戻ってきて、ノアが硬貨を親指にのせる。

「よし、じゃやろうか」

互いに頷いた。

レニーは杖に手を置く。メリースは腰にある1冊の魔書を魔力で操り、浮かせて引き出した。

そのまま本を開き、背表紙をレニーに向ける。

硬貨が、弾き出される。

空中で回転する硬貨を目をこらして追う。わずかな時間で全神経を集中させ、感覚を研ぎ澄ませる。

まず、1、2、3……と。硬貨の回転を数えて、空中に上がりきってから落ちるまで。その感覚を掴む。

次に回転数ではなく、カウントダウンを始めた。

硬貨が落ちていくさまが手に取るように分かった。ゆっくり、着実に、地面に迫るその姿が。

3、2、1。
――今！

硬貨が地面に当たって音を響かせる。

その直前で、レニーもメリースも魔弾を発動させた。

硬貨の音と、魔弾の相殺される音が同時に響く。魔弾がぶつかり合って発生した風が、レニーの髪を吹き抜けた。

「……すー」

集中を解きながら深く息を吐く。

誰かが、唾を呑み込む音がした。

静寂が訪れる。

レニーもメリースも、黙ったまま視線を交差させるのみ。ノアとルミナは、魔弾が弾けた場所を凝視している。

「……どっち!?」

沈黙に耐えかねたのか、メリースが髪を振り乱しながらノアに問いかける。

「僅差だけど」

ノアは残念そうにレニーに手を向けた。

「……勝ち」

ルミナが親指を立てて、こちらに見せてくる。

「ムキー！」

魔書をしまいながら、メリースがズカズカと歩み寄ってくる。

「どーしてローグのアンタがっ、そんなに！　早いのよ！」

人差し指をレニーの胸に突き刺しながら、メリースが怒鳴った。

「必要だから」

「必要だからって、あーもう！」

地団駄《ぢだんだ》を踏むメリース。

メリースがここまで勝ちに固執するのは、ロールが魔導士《メイガス》だからだ。中でもトップクラスの、2冊の魔書を自在に操り、強力な魔法を連発する、魔法のスペシャリスト。

同じ魔法系のロールであるならともかく、ローグに敗北するというのは魔法という技術に心血を注いできたメリースにとって許せないことなのだ。だからレニーに勝負を挑んできたし、それが分かっているからレニーは素直に付き合った。

「ノアっ！　帰るよ」

「はーい」

メリースは思い切りレニーを睨みつけてから、ノアを連れて中庭から去っていった。

入れ替わるように、硬貨の入った袋を持ってルミナがやってくる。

「儲けもん。山分け」

ものすごく既視感がある光景だった。

「張り合い大事。増長するから」

「……そうだね」

どうやらルミナなりに、メリースのことを気遣っていたらしい。確かに魔法系のロールで強い冒険者はこのギルドにはいない。魔弾の速度だけでも、張り合える相手がいるのは大事なことなのだろう。

相手をしなきゃいけないのがレニーというところが、なんだか腑に落ちないが。

──帰って寝よ。

小鳥たちが、晴れ渡った空を歌で祝福していた。

◆◇◆◇◆

その日、レニーはリブの森林で依頼をこなしていた。支援課の業務である定期的な現地調査も兼ねて、エレノーラから依頼されたキノコや薬草を、スケッチと照らし合わせながら採集していた。

「暗くなってきたかな」

森の薄暗さが増してきたところで、レニーは額の汗を拭う。

リブの森林には2時間ほど居続けている。戻る時間も考えると潮時だった。

レニーはスケッチをマジックサックに入れ、出口へ向かおうとする。

——が、足を止めた。

何かが、迫ってくる。

レニーはカットラスに手をかけつつ、迫ってくる音に耳を澄ませる。

やがて木々の奥から人影が3つ見えた。警戒を続けながら、レニーはゆっくり歩み寄る。

「……あれ、この間の3人じゃん」

レニーは警戒を解き、手を振る。

「助けてっ！」

魔法使いの悲痛な叫びが森に木霊《こだま》する。只事《ただごと》ではないとすぐに察した。レニーは急いで駆け寄る。

3人は走ってこちらに向かってきたが、レニーが来ると分かったらしく足を止めた。誰もが汗を大量に流し、切羽《せっぱ》詰まった顔でこちらを見る。

「試験官！　助けてくれ！　おっちゃんが、おっちゃんが」

戦士が叫ぶが要領を得ず、理解ができない。レニーは戦士の肩に手を置いた。

「落ち着け。一回深呼吸して息を整えろ」

戦士が深呼吸を終えるまで待つ。その間にレニーは３人に怪我がないかを確認した。とりあえず大丈夫そうだった。

「緊急か、そうじゃないか、まず答えろ」

「緊急！　魔物が出たんだ！」

「よしいい子だ。今追われてるの？」

戦士がぶんぶんと首を振る。

「パールの先輩が囮になってくれたんだ。僕らだけ逃げて、ルビーの冒険者を呼んできてほしいって」

「なぁ試験官、助けてくれよ！」

ルビーの冒険者を呼んでこい、その言葉が正しければ、洒落《しゃれ》にならない事態になっていそうだった。

「……どんな魔物だ、色は？」

「赤だよ」

「特徴が似てる魔物を言うんだ。いいかい、形が分かればいい。本当に似てるとか考えるなよ」

「大きいゴブリン・ソルジャーよ」

魔法使いの言葉に、レニーは戦慄が走った。

「……オーケー」

レニーは肩のベルトを外すと、マジックサックとカットラスを背中から落とした。鞘からカットラスを抜く。周りを警戒しながら、静かに告げた。

「手短かに言う。助からない」

「そんなっ、だっておっちゃんは俺たちの面倒見てくれたんだ。すごく良い人で……アイツから逃げるときも、真っ先に囮になってくれたんだ」

戦士の訴えは実に切実だった。その言葉から、顔も知らぬ冒険者をどれほど好いていたか分かる。

「どうにかならないのかよ！」

悲愴にまみれた３人の表情に、レニーは考え込んだ。数秒、迷った。

「……正直に言おう。オレじゃその魔物を倒せない」

３人に絶望の色が上塗りされる。

「生きてるなら逃がせる、が。可能性はないに等しい」

トパーズで対応できない魔物をパールが相手取れるわけがない。レニーが今、ベルトを外し、カットラスを抜き身にしたのは万が一に備えてでしかない。

レニーとしてはこのまま3人と逃げた方が安全だ。ただ、それはレニーとこの3人だけの話であって、この森で他に、依頼を受けている冒険者がいるのなら、危険なのは間違いない。

「戦士くん」

自分でも驚くほど低い声で、戦士を呼んだ。

「奇跡に命賭けれる？」

拳を握りしめながら、レニーは聞く。戦士は意を決したような、引き締まった顔つきになった。

「当たり前だろ！」

よほどそのパールの冒険者を助けたいのだろう。足を震わせながらも、力強く戦士は頷いてみせた。今は正直、駆け出し故の蛮勇《ばんゆう》でしかない。

ただレニーはその姿を眩しく感じたし、大切にしてほしいと思った。

「戦士くん、名前は」

「ライ」

「荷物を置け」

「え？」

困惑するライの目の前でレニーは屈み、背中を見せる。

「オレがキミを背負う。軽い方がいい。キミのやることは1つだけ、道案内だ」

「……分かった」

ライは戸惑いながらも、持っているものを全て投げ出して、レニーの背中にしがみついた。

「よし、オレはキミの体を支えたりしないからな。冒険者なら振り落とされるなよ」

立ち上がる。肩に命の重みがずっしりと伝わってきた。

続いて、射手と魔法使いに視線を移す。

「キミらはオレらの荷物を持って予定通りルビー以上の冒険者を呼びに行くんだ、いいね」

2人が強く頷くのを確認し、姿勢を低めた。

「じゃ、行くぞライ。覚悟しろ」

「おうっ！」

シャドーステップの魔法を自分にかける。加速の効果をのせて森を駆け出した。

「真っすぐで平気？」

「右に進んだ方が近いかも」

「了解」

陽が、沈んでいく。

間に合え。例え知らぬ冒険者でも、助かってほしい。レニーはそう思った。

◆◇◆◇◆

さほど時間をかけず、そこにはたどり着いた。

道案内の先に、男がいた。

木を背にして、革鎧が原型を残さないくらいズタズタに引き裂かれ、血に濡れている。破壊された盾と剣が大地に転がっていた。

「おっちゃん！」

レニーの背を飛び降りて、ライが男の方へ向かおうとする。それを肩を掴んで止めた。

「何すんだよ！」

手を振りほどこうとするライだが、レニーは首を振った。

「諦めろ」

「諦めろって、なんで！」

レニーはライの首根っこを掴むと、後ろの木に叩きつける。ライが嗚咽《おえつ》を漏らしながら両手を地につけた。聞き分けが良くないのなら、痛みで刻みつけるしかない。

そうして、男と向き合う。

「……なんで連れてきた」

血を吐き出しながら男が聞いてくる。

意識はかろうじてあるようだった。

「助けに来たんだけど」

レニーは鼻で笑う。

「奇跡なんて、信じるもんじゃないよな」

一歩踏み出す。

「来るな……！」

かすれた声で男は叫ぶ。

「俺はもうダメだ、逃げろ」

「大丈夫さ、もう手遅れだ。オレもアナタと同じさ」

一歩、一歩、と着実に男に近づく。

「アナタ、名前は」

「ユー、グリス……」

ボロボロで顔がまともに見えなくても、レニーはその顔を脳裏に焼き付けた。3人の命を救った英雄。その名前を記憶に刻み込む。

「ユーグリス。あの世行きになったら1杯奢ってくれ」

レニーはカットラスを上に構えた。

同時に赤い何かが降ってきた。

上からの強い衝撃に、後ろへ弾き飛ばされる。それでも数歩で踏みとどまり、カットラスを構え直した。

そして見て、知った。

相手が予想通りだった事実と、レニーには対応できない相手である、その絶望感。

それがレニーの胸中を支配し、恐怖の念が沸き上がる。だが、レニーは口角を上げた。


――冒険者は死線を好む。


レニーの本能が、刻み込まれたスキル群が、闘争を求めて興奮作用を促す。

「さて、キミはオレを殺せるかな」

完全な強がりだったが、それでも不敵に、レニーの眼光は相手を真っすぐ射抜く。

◆◇◆◇◆

レニーよりも頭一つ分、体長が高いソレは、血を浴びたかのように真っ赤だった。

人間とさほど変わらないサイズの頭のくせに目玉の大きさは数倍ある。大きく裂けた口は三日月型に吊り上がっていた。

痩せた体躯《たいく》に、鉈《なた》と見間違えそうなほど大きな鉤爪《かぎづめ》。

レッドロード。それが魔物の名だ。

討伐依頼の難度は「ルビー級パーティー」。ルビー級で相手にしなければならない魔物の中で、かなり弱い部類ではある。だが、レニーはそもそもルビー級ですらない。

トパーズだ。


「逃げ」

ユーグリスが何か言おうとするが、首が一瞬で飛ぶ。

レニーたちを誘う餌に使われていただけだ、役に立たないと判断されれば殺される。

後ろでライの悲鳴が聞こえたが、構ってやれなかった。

レッドロードは真っ当に進化できなかったゴブリンの成れの果て、だ。群れからはぐれたゴブリンが、厳しい環境の中で適応し、スキルツリーを異常に成長させた結果、ロードというゴールにたどり着く。

真っ当に群れで成長したゴブリンの派生系より、知能は劣るが、歪《いびつ》に嗜虐性が残っている。

そのせいで残虐な行為に対して知恵が働きやすかった。

ユーグリスの末路は分かっていたことだ。それよりも、ユーグリスの気持ちに応える義務が、レニーにはある。

ライは死んでも逃がす。

「……ンア」

レッドロードは大きく口を開ける。

口内で圧縮された魔力が球状に形成される。

「強魔弾《マグナム》か！」

火球に似た魔力の塊が、吐き出される。レニーは杖に手をかけると魔弾を撃った。

魔弾とマグナムがぶつかり合い、轟音を響かせる。

「……6発連射で相殺か」

レニーは杖を仕舞いながらカットラスで斬り込む。魔法がぶつかり合って発生した煙の中を抜け、レッドロードに振り下ろす。

「ゲヘ」

レッドロードは上体をそらす。それだけでレニーの一撃を避けた。そして、仕返しとばかりに鉤爪が襲いかかる。

技能も何もない、ただの暴力。

だが、レニーはカットラスで受けきれなかった。後退を余儀なくされ、ステップを踏む。

「これだから魔物はっ」

シャドーハンズをレッドロードに向ける。だが、一瞬で切り裂かれた。今度は3発魔弾を撃ち込むが、全て爪で防がれる。

「カースバレットだってのに」

瞬く間に爪がレニーを襲う。カットラスで受け流すことに成功するが、そこから嵐のような乱撃が続いた。

「ぐっ」

真正面から戦って、レニーが勝てる道理はなかった。

冗談じゃない、こんなの野放しにしたらどうなるか分かったものじゃない。

レニーは一撃を紙一重で避けると、シャドーステップの魔法を発動させる。加速効果と、メインの効果である残像によってレッドロードの間合いから脱出する。

「ライ！」

ちらりとライを見る。呆然と男の死体を見ているようで、心ここにあらずといった感じであった。

「おい、ライ！　おい、お前！」

思い切り叫ぶと、やっとライが反応する。そしてレニーに顔を向けた。

レッドロードが近づきそうになったため、魔弾を撃つ。

「あの人の最後の言葉を思い出せ！　実行しろ！」

レニーが叫ぶと、ライは四つん這《ば》いのまま、逃げ出した。その様子を確認して、レッドロードと対峙する。

魔弾を防ぎながら進めると学習したのか、爪で構えながら魔弾を弾きつつ迫ってきた。

「キキ」

爪が乱雑に振るわれる。

「ぐっ、このっ」

腕の痺れを感じながら耐え凌ぐ。カットラスもまともに打ち合わせれば悲鳴が上がる。なるべく受け流すしかなかった。

もし、もしもの話だ。

ここにメリースがいれば、圧倒的な魔法の連射と高火力魔法の同時展開で即座に倒してみせただろう。

あるいはルミナがいれば、重戦士として力負けはせず、大剣の下に一刀両断していたはずだ。ノアの場合も戦士系として遅れを取ることはないだろう。程度の差こそあれ、ルミナと同様である。

だが、残念なことにレニー1人だけだ。魔法の威力があるわけでも、剣のスキルに特化しているわけでもないただのならず者《ローグ》。

攻撃手段がどちらもあまり有効ではなかった。

「散々自分で言ってきたことだけどさっ」

隙を見て距離を取る。息が乱れてきていた。

「こうも通じないと、ショックだね」

息を整えながら、己の器用貧乏さを呪う。レッドロードは余裕があるのか、長い舌を出して、爪を舐めていた。

「いやぁ、参ったな。腹立ってきたぞ」

相手に通じなくとも、人生かけて成長させてきたスキルツリーだ。愛着も誇りもある。こうも舐めた態度を取られると、くるものがあった。

メリースの気持ちが今なら痛いほど理解できる。

「絶対倒してやる」

レニーはカットラスを構え直す。

「来いよ、バケモノ」

左腕を前に突き出し、挑発するように手招きする。

レッドロードは目を細めると、声を上げながら突撃してきた。

右の一撃目。

両手でカットラスを持ち、下から弾き上げる。

左の二撃目。

カットラスで受け、刃の上を滑らせながら軌道をそらしきる。

再びの右。

バックステップで避け、空振りさせる。そのまま、右足を後ろにし、突きの姿勢を整えた。

狙うは、目。

「ギギッ!?」

驚愕に目が見開かれる。

しめた、これなら目の1つくらい貫ける。戦闘において相手の視界を半分でも奪えるだけでも大きい。

だが、上手くいくほど現実は甘くはなかった。

上体をそらされる。刃から逃れ、更には間合いから外れる。

「ギギィ」

してやったり、そんな顔でレッドロードは嗤《わら》う。

額から頬へ汗が流れる。

ギリ、と。歯ぎしりの音が聞こえた。無論、レニー自身のものだ。

魔物と人間、相手にするのであれば人間の方が断然良い。

人間は戦闘中でも思考する。だからこそフェイントが活きるし、視線だけで攻撃を予測することも誘導することも可能だ。単純な戦闘センスだけでなく思考の読み合いも必要になってくる。ところが魔物はそうはいかない。思いつきで行動する。戦闘に思考がないわけではない。場当たり的なのだ。視線なんて読んでたって仕方がないし、かけられるフェイントも限られてくる。不意をつかれても、元々備わってる能力でどうにかしてしまうのだ。

理論も何もない。

レニーにはそれが、心底苦手だった。

汗が落ち、土に染み込む。夕日が沈みきったのか、大地は影に染まりきっていた。

「……シャドードミネンス」

どれだけ勝率が低かろうが、勝算もなしにレニーは挑まない。

『難易度高い魔物を討伐してくれれば推薦できるんだけどね』

――いや、柄にもなく、欲を出してしまっただけなのかもしれない。

いずれにしても、まだ手はある。

シャドードミネンスを最大限に活かせる夜が近かったからこそ、レニーは戦いに希望を持てたのだ。

影の支配を広げる。手始めに影の手でレッドロードの足を掴ませ、今度は腕を掴ませた。

「グキッ⁉」

闇属性魔法の中で、影を媒体する魔法は、影の範囲が広ければ広いほど、影が濃ければ濃いほどその強さを増す。

つまり夜になった今が一番強力だ。

レッドロードでも容易には拘束を解くことはできない。

「これで、終わり！」

首へカットラスを振るう。

さすがに首を、しかもレニーの全身全霊の一撃を喰らうのであれば、レッドロードとて生きてはいまい。

「ガギィ！」

だが、レッドロードは歯を剥き出しにするとカットラスに噛みついた。

「ぐっ、どっかで見たなっ」

力で押し込もうとするが、レッドロードの顎の力の方が強いらしい。ビクともしない。

さらに歯の隙間から魔力の光が漏れていた。


――こいつ、口閉じたままマグナム撃つ気か!?


急いでカットラスを捨てて飛び退《の》く。刃こぼれもひどくなっており、今ので決められなければ限界だった。レッドロードを見ると口を開いてレニーに向けている。

ボロボロのカットラスは地面に落ちていた。

「しまっ」

魔法が発射される。

魔弾は、間に合わない。撃てるが、相殺しきれない。

咄嗟に、影の手で壁を作る。

影が、爆発した。

レニーは爆風で地面を転げ回り、背中を木にぶつける。

「げふっ、かはっ！　かはっ！」

眩暈がする。それでも、隙が大きければ詰む。

無理やり立ち上がりながらレッドロードを視界に入れる。集中力が切れたせいで影の手が消え、自由を取り戻していた。

「……ニィ」

さすが、レニーの実力より格上なだけある。相手は無傷な上に、こっちはボロボロ。今の爆発で少なくともどこかの骨が折れている。さらには武器を1つ失った。

接近戦はもうできない。影の手で拘束しても大して時間は稼げないし、魔弾も防がれる。破壊技術のスキルで爪が壊れることを期待したいが、何十発撃てばいいか分からない。

やるなら一気にケリをつけたかった。

レニーは無言で、杖とホルスターに視線を落とす。ホルスターにある内ポケット。その中身を確認した。

笑う。

「エレノーラに叱られちゃうな」

その呟きは死の覚悟を含んでいた。

レッドロードが迫る。

レニーは杖のグリップ、その底をスライドさせた。

「ネガティブバインド！」

影から黒い鎖が伸び、レッドロードを拘束する。一時的に抑え込めたが、闇属性の中でも特にレニーと相性の悪い拘束特化の魔法だった。

魔弾を早撃ちするせいで「魔力射出」という魔力を一気に放出するスキルを得てしまっている。一定の魔法を即時発動させる効果があるが、継続的に効果を発揮する魔法の維持が困難になる。

扱いが簡単で一時的な使用に留《とど》めていたシャドーハンズの魔法と違い、ネガティブバインドは拘束力が高く、さらにはスキルツリーの魔力の流れを阻害することで、相手の身体能力を下げる効果も持っている。そのため、拘束し続ける必要があった。

通常よりも魔力を絞り出しながら、スライドして開けたグリップ底から、板を引き抜く。

魔弾の威力を強化、発動を補助する回路が刻まれた板だった。レニーはそれをレッドロードに投げる。

レッドロードは黒い鎖を引きちぎって爪で板を切り裂いた。

瞬間、回路が爆発する。魔弾10発分の魔力を注ぎ込んで投げたのだ。あの回路だけでは魔法が発動する手前までしか機能しないため、魔力だけため込ませた。そして衝撃に反応して、行き場をなくした魔力が爆発したのだ。

「ギャアァァアア！」

爆発のあと、レッドロードの爪が砕けているのを確認する。どうやら爆発に、更に破壊技術のスキルの補正がのってやっと破壊できる強度だったらしい。

レニーはすかさず、ホルスターの内ポケットから同じような回路の板を取り出して、グリップに差し込んだ。底をスライドさせて、回路を固定させる。

魔力を込め始める。

レニーの入れた回路は、今まで使っていたものとは全く異なるものだった。

その名も、エンチャントサーキット。

強力な属性が付与された魔弾を撃ち出すためのものだ。レッドロードと同じ、強魔弾《マグナム》相当の威力の魔弾が撃てる。レニーのスキルでは威力を発揮できない属性の魔弾もこれで扱えるのだ。

中でも火属性の魔弾は最も火力が高く、レニーが差し込んだのも、それだった。

「グギィイイ！」

ネガティブバインドの拘束効果を弱めながら、杖に魔力を注ぐ。今回ばかりは速度などとは言っていられない。適切に魔力を浸透させ、蓄積し、最大火力をぶつけるしかなかった。

腕が自由になったレッドロードはレニーに突撃しようともがくも、足に集中させた拘束がそれを許さない。

レニーは口の端を吊り上げる。

「ぶちのめせればそれでいい《デッドオアアライブ》ってやつさ」

魔法特化のロールではないレニーだ。いくら強力な属性が付与されると言っても、たかが知れている。

より威力を高めるために、レニーは杖をオーバーロードさせた。

「アガッ」

口を開いてマグナムの魔法を使おうとするレッドロード。しかし、ネガティブバインドを首に巻き付け、締める。殺すまではいかないが、魔法を妨害することには成功した。

血管が沸騰しそうだった。

魔力を分散して注ぎ込んでいるのだ。恐ろしい集中力が必須なのは言うまでもない。

意識が朦朧《もうろう》として、魔力が底を尽き始めていることを知らせる。

杖の部品の間から、火が漏れ出す。オーバーロードの影響で点《つ》いた火だ。

——あぁ、死ぬんだな。

ぼんやりとレニーは考えた。

脳裏では走馬灯《そうまとう》のように過去の記憶が流れていく。

サティナスを訪れてから起こったこと、パトロンの相手やルミナ、フリジットとの出会いが思い出される。次に今まで冒険者として巡ってきた各地の出来事を振り返り——

——たった一夜限りの、とある少女との記憶を思い出した。


「……あ」

急に思考がクリアになる。絞りに絞って、残ったカスでしかない魔力が膨らんだ。

こんな状況で魔力が増えるなんてことは、あり得ない。あり得るとすれば、それはレニーの把握していないスキルが発動したくらいだ。ただ、もちろん無条件というわけではないらしい。謎のスキルの代償か、体が悲鳴を上げ、痛みを訴えてくる。

しかし、それがレニーの命を繋いだ。

レッドロードを先ほどよりも確実に拘束できたのだ。おかげで、限界まで魔力を注ぎ込み終わる。

ゆっくり腕を上げる。

燃える杖の先を、相手に合わせる。
1発。
1発撃てば、それで杖は木《こ》っ端微塵《ぱみじん》だ。しかし、それは相手ごと、だろう。
狙わなくていい。拘束は完璧で、魔法を発動させるだけでいいのだ。
「――ビンゴ」
叫ぶレッドロードに、レニーは魔弾を撃った。
眩《まばゆ》い閃光と、激しい爆発音。
反動でレニーは体ごと後方へ吹っ飛んだ。

6章　冒険者と死闘の果てに

耳鳴りと、眩暈。

その中で思考を巡らす。

レッドロードはどうなった？

ポーション、ポーションがいる。ポーションを探せ。

疑問と行動が同時に頭の中に沸く。

眩暈を打ち消して、目を凝らす。炎上しているレッドロードの姿があった。仰向けに倒れており、おそらく倒しきっているだろう。

炎は魔力が尽きれば自然と消える。火事の心配はない。

ポーションを探そうとして背中に手を回す。しかし、何もなかった。

マジックサックを置いてきたのをすっかり忘れていた。

「ごぼっ」

喉の熱と激しい吐き気に耐えきれず、口から飛び出した。ドロドロと、とてもただの嘔吐《おうと》とは思えない液体が出ていた。

「がふっ」

窒息しかけて、さらに吐く。

血だと気付くが、どうしようもできなかった。袖口で血を拭う。杖を握っていた手は血塗《ちまみ》れで感覚がなかった。

杖はどこかに吹っ飛んでいったらしい。手元になかった。あったところで原型を留めていないだろうし、役には立たない。

レニーは明確に、死を悟った。現状の体がマトモではないことは分かる。

中途半端なスキルツリーで、英雄の真似事をした末路がこれか。

分かっていたけど、まだ生きていたいなぁ。生き残れば間違いなくスキルツリーは成長するし、もったいない。

レニーは心の中で思った。

「試験官！　試験官！」

虚ろな視線を動かしてみる。状況と呼ばれ方的に、ライだろう。

「しっかりしてくれ。今ポーションかけるから」

びちゃりと。頭からポーションをかけられる。

「飲んでくれ！」

次に、差し出されたポーションの瓶。それを迷わず掴んだ。

3分の1程度、口に含む。そして、口をすすいで吐き出した。今度も同じ量を口に含み、喉を鳴らしてうがいをする。そうして血をなるべく吐き出した上で一気に飲み干した。

体の中で激痛が走る。

回復ポーションは即時傷を癒やすものではない。傷口を早く塞いだり、悪化を防止する効果だ。気休めだが、失った血の代わりにもなる。

「くそっ、もっといいポーションがあれば」

ポーションが尽きたのか、慌てるライ。その肩を強く叩く。

「……ライ。よくやった」

「試験官」

「レニーだ」

これが最期だとしたら、名前も知られずに逝《い》くのは後悔が残りそうだった。だから、名乗った。

「……え？」

「レニー・ユーアーン。それがオレの名前」

ライが自分を責めないように、レニーが認めた男なんだと知ってもらうために、声を絞る。

今回のことは気に病まずに誇りに思っていてほしい。

助けたい人は助けられなかった。

だがライの想いがなければレッドロードを討伐する結果は生まれなかったし、もっと被害が出ていたかもしれない。

「レニー、さん」

だから、笑う。震える唇で、安心させようと精いっぱい。

「ありがとう、ライ。よく、やった。あとは……運任せ……だ」

混濁する意識の中で、それだけ伝える。ライの肩から手が落ちる。

そしてレニーは力なく倒れ、意識を手放した。

起きた先が、冥府《めいふ》ではないことを祈りながら。

◆◇◆◇◆

夢を見た。真っ暗闇で、ぽつんと立ち尽くす夢だ。

黒い泉のような場所に腰まで浸かって、レニーは立っていた。

腕を伸ばす。

泉から黒い手が伸びると、レニーの腕を持ち、皮膚だけ引き千切《ちぎ》った。

叫ぶ。

喉に熱した鉄でも差し込まれたような感覚がレニーを襲う。逃げようともがくが動く度に黒い手が皮膚を剝いでいく。

脳裏に過ぎる単語は至極単純だった。

死だ。

レニーは逃れようとするが、黒い手はレニーを逃がさない。

——違うでしょ？

声が、頭に響いた。弾むような少女の声だった。

レニーは動きを止める。

——影は逃げるものじゃない。

その言葉で、不思議なほど冷静になった。皮膚を破る黒い手に身を任せ、両手を黒い泉に入れる。

——そう、それでいいの。レニー。

黒い泉に沈む。

激痛に耐えながら瞳を閉じる。

そして溺《おぼ》れた。

◆◇◆◇◆

目を覚ますと白い天井だった。

激痛が全身に残っている。体を内部から燃やされているかのようだった。

レニーが視線を動かすと、イスに座っているフリジットと目が合う。

「――あ」

ぽろり、と。

彼女の頬を涙が流れた。

「起きた、起きた！　レニーくん、ねえレニーくん！」

大声がガンガン頭に響いた。騒ぎを聞きつけてか、仕切りが開かれる。

「レニー、起きたの」

焦った様子でルミナが入ってきた。あとに続いてライのパーティーが入ってくる。

「……頭が、ガンガンする」

「あ、ごめん」

顔をしかめる。フリジットたちが悪いわけではないが、激痛のせいで気遣えなかった。

「誰か、現状説明できる？　まずオレの体」

ルミナが口を開いた。

「ポーションと回復魔法使って最悪の事態は避けた。数日安静にしてれば体は治る」

「そうかい。まだ冒険できそうでよかったよ」

仕事ができないのが一番困る。医療施設さまさまだ。

「レッドロードは？」

「上半身が吹っ飛んでた。死体の損傷が激しくて素材は換金できない」

「討伐報酬で十分さ。医療費足りる？」

「プラマイゼロか、少しマイナス」

命あっての物種だ、贅沢《ぜいたく》は言えない。喋れてるこの状況を、神に感謝したいくらいだ。

「あの、俺ら働いて返すよ。医療費」

ライが言うと、射手も魔法使いも頷いた。

「いらない」

「でも、私たちのせいで」

「オレの責任さ。ね、ルミナ」

ルミナは頷いた。

「レッドロード相手は無謀。どうして行った」

「それは俺がっ」

「黙って」

レニーを庇おうとするライだが、ルミナが睨みつけて黙らせる。

「レニーに聞いてる」

「……襲われたやつが生きてれば儲けものでしょ」

「生き残れるわけがない。知ってたはず」

「放っておけば他の冒険者も犠牲になってた」

「レニーが死ぬ方が不利益」

「いいや、そこは感情論だ。お互いね」

レニーは助かる可能性に賭けたかったし、ルミナはレニーに犠牲になってほしくなかった。

結果がこのザマなのは完全にレニーの見立てが甘かっただけ、それだけの話だ。

「気に入らない」

「……ごめん」

「ルミナさん、そのくらいにしましょう」

フリジットが立ち上がる。

その目には涙が浮かび、怒りに表情を歪めていた。声は明らかに震えている。

拳に血がにじむほどに握りしめた。

深く、深く息を吸う。

そして。

「レニーくんっ！」

フリジットとは思えない怒号が医務室に響く。スキルまで発動したのか、全身の肌がびりびりとした。骨にまで響き、痛みを加速させる。

「治ったらぶん殴るから！」

フリジットはそれだけ言うと、医務室をどかどかと出て行った。

追いかけようにも体は動かない。

「……もしかしてすごい怒らせた？」

「もしかしない。ボクも殴る」

「え、ルミナも」

「うん。殴る」

「それは怪我を治した意味がないというか」

「死ねばいい」

今度はルミナも出て行った。

「……あの、２人とも数日ロクに寝ずに心配してたんだ。だからその、ごめんなさい」

「僕らのせいで、ごめんなさい」

ライのパーティー全員で頭を下げてくる。

「……後悔はしないでくれ」

レニーは諭《さと》すように、声を絞り出す。

「キミらはできることを精いっぱいやった。とれる手段は全部とって、助けようとして、結果助けられなかったけど、それでも他の、誰かしらの助けにはなってる。オレは命拾いできたっぽいし。だから胸を張れ」

「レニー、さん」

「少なくとも、ユーグリスはキミらを褒めてくれるさ」

ため息を吐く。

「オレのことは反面教師にするよーに。解散」

もう、喋る気力はなかった。

◆◇◆◇◆

数日後、レニーの傷は完治した。

予め、持っていた予備の服に着替える。そしてマジックサックを背負った。

ベルトの類も、ホルスターも、破損しきって使い物にならないから破棄していた。

世話になった医者にあいさつを済ませ、医務室を出る。

そこにはフリジットとルミナが待っていた。

「おかえり」

ルミナに声をかけられ、手を上げる。

「ただいま」

フリジットが満面の笑みでレニーの肩を掴んだ。

「じゃ、約束通りぶん殴るから」

「……ここで？」

「うん」

通路を見渡す。朝早いせいか、誰も通る気配がない。

コキコキと拳を鳴らす音が、耳に響いた。

「ボクの分もフリジットがやる。威力２倍」

脅すようにルミナが言う。

人差し指と中指を立てて、ハサミのように動かした。

普通に死ぬのでは？

レニーの頭にそんな疑問が浮かんだ。

「それじゃあ、行くよぉ」

右半身を後方へ、左半身を前にして構える。左拳は顔の前に置き、右拳を引き絞る。

風が、起こった。

魔力が、フリジットの周りに渦巻く。緑色の魔力を体にまとっていた。体から魔力が溢れ出しているわけではない。

身体能力の強化と技の威力を上げるために魔力を全身にまとっているのだ。

「いっ⁉」

突風が廊下を抜け、威圧感に肌が痺れる。

足が張りつけにされたように動かなかった。

「はぁー」

右拳に魔力が集中する。

体が危険を知らせて汗を大量に噴き出させる。逃げろと心臓が体を鼓舞するも、精神がそれを許さなかった。

そして、左足が踏み出される。深く懐に踏み込んだフリジットの右拳は体に隠れて消える。消えた右拳が、目に飛び込んできた。

眼前で寸止めされ、凄まじい暴風がレニーの顔を通り過ぎる。風の悲鳴が、廊下に響き渡った。

レニーの中の時が止まった。このとき間違いなく、一時的に心臓が止まったと思えるほどに。

「……よく避けなかったね」

「殺意も敵意もないし、当てる気なさそうだったから」

にしては本気すぎて自分の予想を疑いまくったのだが。

「もう。ちゃんと反省すること」

フリジットは構えを解くと、レニーの額を指で弾く。

「おぶっ！」

それだけでレニーの体は吹っ飛ばされ、後ろの壁に後頭部をぶつけた。

ずるずると背中と壁をこすり合わせながら、座り込む。

「あ……ごめん！　スキル切れる前にやっちゃった」

「……大丈夫」

駆け寄ったフリジットに、レニーはできるだけ強がった。

死ぬかと思った。

◆◇◆◇◆

「聞いたぜレニー、レッドロードを倒したんだってな」

ガツンと、ジョッキが置かれる。

「ん？　あ、まぁね」

レニーは酒場ロゼアでくつろいでいた。いつものように酒場に入り、いつものようにデジーに案内され、いつものように食事をしていた。

「さすがは俺の見込んだ男だぜ、カットルビーももう近いんじゃねえのか」

目立つ男が自慢げに語る。髭を整えて切り揃えているところを見ると、髭にこだわりのある人間らしい。

「……なんか、カットルビーの昇格試験受けさせられるっぽい」

「てぇことは、ついにお前もカットルビー級か。かーっ！　うらやましいぜ」

調子よく額を叩く男。

「レッドロードを単騎で倒した功績と、予想されるスキルツリーの成長度合いでカットルビー級相当の実力になるだろうってさ」

「誰もが震え上がるレッドロード相手によく勝てたもんだ」

「まぁ、武器全ロストしたけどね」

今は適当に買い揃えた安物の武器でどうにかしている。どうせなら前よりいい武器にしたいということで、いろいろ見て回っている最中だ。

「やっぱりがっぽり稼いだんだろ？」

親指と人差し指の先を合わせて硬貨を表現する。

「医療費で若干マイナスだったな」

「そりゃ相当な怪我だったな。もう平気なのか」

「体は平気さ」

幻痛が付きまとっているが、痛み止めでどうにかしていた。今も薬で抑え込んでいる。酒を飲むなと言われたが、知ったことではない。

エールを飲んでいた。

……なんだか、左腕が痛くなってきた。戦闘時に杖を持っていたのもあって一番幻痛がひどい。討伐依頼はしばらく無理だろう。現状、受ける依頼も採集系に留めていた。

「賭け時を見誤ったな」

「引き時わきまえないとね」

豪快に笑いながら、男はエールを飲む。

「しかし、ユーグリスは惜しいやつだったよ。カットパールの後輩できたってんで喜んでたのによ」

男は天井を見上げ、ため息を吐いた。

「ホント、惜しいやつだったよ」

心の底から、嘆くように、男は呟く。

「あぁ、本当に。惜しいやつだった」

脳裏にユーグリスの姿が思い起こされる。己が死ぬというのに最期まで後輩のことを想っていた。

「ツイてなかったんだよ、アイツ」

ジョッキを傾けてエールを飲んでから、テーブルに叩きつける。

「ツイて、なかったんだ……」

「……あぁ、そうだね」

男とユーグリスは親しかったのだろう。男の涙が滲んだ瞳を見れば、誰もが分かることだ。

レニーは手を上げると、店員を呼んだ。

「はい」

「チョコレートとカシスデウマースお願い」

男がレニーの顔を見る。

「好きだろ？　奢るよ」

「レニー……お前ってやつは」

男は目元を拭うと一気に酒を飲み干した。

店員がチョコと酒を持ってくると中央の方のテーブルから大声がした。

「お前、なに角の席座ってんだよ！　こっち戻ってこい！」

「あぁ！　少し待ってくれ！」

パーティーメンバーだろうか。バカ騒ぎしている。

「持っていきなよ。キミにもパーティーメンバーがいるだろう？」

レニーが促すと男は笑った。

「お前、ソロだからパーティーメンバーいないだろうが」

「まぁね。でも、1人じゃないから。それに、チョコはパーティーメンバーと分け合った方が美味いんじゃないかな」

「……フッ。まぁな」

「これで貸し借りなしだよ」

「恩に着る、レニー。また話を聞かせてくれ」

男はチョコの入った皿と酒を持つと、パーティーメンバーの元へ帰っていった。

レニーは微笑みながら、頬杖をつく。

「……で、彼の名前はなんなんだろう」

また、名前を聞けなかった。

◆◇◆◇◆

幻痛も治まり、レニーは体の調子を確かめながら依頼をいくつかこなしていった。

リブの森にて鹿の狩猟を行い、解体した肉を納品するため、レニーは露店の並ぶ道を歩いていた。

「もし」

そんなとき、声をかけられた。目を向けると、腰の曲がった老人がいた。杖は持っておらず、腰に手を当てている。毛髪はなく、蓄えた髭が立派だった。垂れ下がった眉とは対照的に鋭い眼光を秘めている。

「ギルドロゼアに用があってきたんだが、道が分からなくてな。お前さん、冒険者だろう」

「えぇ。案内するよ」

「助かる。君、名前は？」

「レニー・ユーアーン」

老人の眉が上がった。

「レニーくんか。わしはガーイェだ、よろしく」

「よろしく、ガーイェさん」

手を差し出されるので握った。手はごつごつとしていてがっしりしている。

レニーは歩幅を狭めて進む。その後ろをガーイェはついてきた。足腰はしっかりしているようで、さほど歩くペースをゆるめなくてもついてきた。

依頼人だろうか。

「レニーくんは等級はどのくらいだね」

「トパーズだよ、今のところ」

「ほう、冒険者のでかい壁は越えたな」

「次も大き過ぎるけどね」

「はっはっ。なぁに、君ほど若ければまだまだチャンスはあるものさ」

広場までたどり着き、噴水を横切る。ロゼアの出入り口を開けて、先を譲った。

「どうぞ」

「すまんね」

「いえいえ。気にしないで」

レニーは通常の受付に、ガーイェは支援課の受付に向かう。どの受付に行くのが正しいかまでは伝えなくともいいだろう。受付嬢が案内してくれる。

「フリジットちゃーん、来たよぉ」

甘ったれた声でガーイェがスキップする。フリジットの知り合いだろうか。

少し、フリジットの様子を見る。

「うわ」

心底嫌そうな顔をしていた。若干引いている。

「ガーイェさん、お久しぶりです」

「フリジットちゃんは今日も可愛いの」

デレデレしながら体をくねらせるガーイェ。

確かにあれはちょっと嫌かもしれない。

「お待たせしました」

レニーは並んでいた受付の順番が来たのでマジックサックから解体した肉や皮を入れた袋を取り出し、置いていく。

マジックサックは鮮度も保てるのが便利だ。

「鹿肉と毛皮の納品で」

「かしこまりました。係の者を呼ぶので少々お待ちを」

受付嬢が奥の部屋に消えていく。肉の査定を担当している従業員を連れてくる。

「鹿肉ありがとーございます。おっ、血抜きもしっかりしてそうですね」

袋を開けて査定人が呟く。スキルの中に「解体技術」もあるので、ある程度の品質は保たれているはずだ。

「ちょっと査定と保管してきますので、報酬はのちほど」

「よろしく」

査定人は急いで袋を抱えると奥に消えていく。

「こちら報酬受け取りのための紙になります。後日またこの紙を持っていらしてください」

「了解。ありがとう」

「またお待ちしています」

受付嬢に笑顔で見送られ、レニーは離れる。そして、支援課の方を見た。

フリジットと目が合う。胸の前で小さく手を振られる。レニーもなんとなく振り返した。

「してフリジットちゃん。鑑定してほしい冒険者はどこかの。今すぐできるぞ、レーズンだったか？」

「レニーくんです。ガーイェ、そこにいます」

「え」

「ほう」

フリジットと話していたガーイェがこちらを向く。

冒険者の鑑定。

アイテムの鑑定もなくもないが、冒険者の、と頭につけば鑑定されるものは１つ。

スキルツリーだ。

「つまり君はチャンス到来中というわけか」

髭をいじりながら、ガーイェが頷く。

「よし、レニーくん。時間あるかね」

「えぇ。依頼も終わったし」

「じゃ、善は急げだ。今すぐスキルツリーの鑑定をしに行こう。そうしよう」

ガーイェはレニーに歩み寄るとその腕を掴んだ。引っ張られて、支援課のところまで連れて来られる。

「フリジットちゃん、場所用意してくれる？」

「はい。あ、それと」

フリジットは人差し指を立てて、頬に寄せる。

「私も見学していい？」

「いや仕事は？」

「これから休憩なの」

「……いいけど」

スキルツリーは個人情報であるが、敵でもない限り不利益になることは少ない。

断る理由がなかった。

「やった」

喜ぶフリジットがレニーたちを案内してくれた。掲示板と受付の間の空間に扉がある。そこを開けると廊下に繋がっており、正面を真っすぐ行けば医務室、医務室の手前に2階に続く階段がある。右の階段下は手洗い場に繋がっている。左は医務室のための空間があるので壁になっている。

フリジットに案内され階段を上る。そこはギルド長室に繋がる廊下になっており、道中に様々な部屋が並んでいる。今回使うのは一番手前の左右両方に用意されている応接室だった。

フリジットは左の扉をノックしてから開け、使用中の札を扉にかける。

「どうぞ」

ガーイェが入り、次にレニーが入る。

「ありがとう」

「どういたしまして」

フリジットが入り、扉を閉める。そうして、扉の前に仕切り板を置いた。防音素材でできた仕切りだ。外部に漏れたくない情報や神経質な依頼主は応接室で対応する。そのため、防音性は大事だった。

昇格する冒険者のスキルツリー確認時も利用されている。レニーがここでスキルツリーの鑑定を受けるのは初めてだ。

ソファが2つ。中央のテーブルを挟むように置かれている。壁際には何かの資料などが入れられた棚が設置されていた。

ガーイェはソファに座り込み、腰にあったマジックバッグから資料を取り出した。おそらく前回鑑定してもらったぶんのスキルツリーが書かれているのだろう。

「ほれ、隣に座れレニーくん」

「じゃ、失礼して」

「フリジットちゃんは向かい側じゃな」

「はい」

レニーがガーイェの隣、フリジットがレニーの向かい側に座る。

「さて、どんなスキルツリーしとるかね」

ガーイェは指を握ったり開いたりしながら、意地の悪そうな笑みを浮かべた。

昇格するにあたって、様々な条件がある。戦闘に向いたロールであるか、支援に向いたロールかで条件は変わってくる。まず昇格する等級に相当する依頼の達成だ。討伐依頼の場合は戦闘に向いたロールであれば単独で、支援に向いたロールであれば同等級の冒険者と2人で条件をクリアする必要がある。

レニーの場合、レッドロードを討伐したのでスキップされた。パールまではこれだけで昇格できる。カットトパーズからは、これに追加されるものがいくつかある。

まず、筆記試験だ。

依頼を行うにあたって必須の対応事項は暗記科目。緊急性のない知識は参考資料を見ながらどれだけ正確な情報を引き出されるかが試される。

また人間性に問題ないか面接も受ける必要がある。

レニーは既に両方とも受けており、合格済みだ。

最後に、スキルツリーの確認である。これがガーイェによって行われるというわけである。能力に問題ないかの最終確認となる。

依頼、筆記試験、面接、スキルツリーの確認。この流れをひと月ほどかけて行うのが昇格試験だ。

レニーはガーイェに腕を触られながらスキルツリーを読み取ってもらう。

「ふむ、トパーズに昇格したときのスキルはちと貧弱じゃの」

資料を確認して、ガーイェが呟く。しかし、資料から目を放し、レニーの腕を見ることに集中すると目の色が変わった。

「うん？　ぬう？」

資料とレニーの腕を交互に見る。

「本当に同一人物か？」

「どうしたんです、ガーイェ」

やや身を乗り出しながらフリジットが聞く。その瞳は好奇心に満ちていた。

「スキルツリーがだいぶ伸びておるが、少し待て。言語変換に時間がかかる」

スキルツリーは通常、簡単に読み取れるものではない。アイテムを使用しても、スキルツリーの伸び方から傾向が推察される程度だ。

だが、一流のスキル鑑定士は「言語変換」のスキルを持っている。非言語のものを言語に落とし込むスキルだ。また「分析鑑定」など、スキルツリーの詳細を理解できるようなスキルが網羅されているため、非常に重宝されている。

1回スキル鑑定するだけで1年暮らしていける、なんて噂されるほどだ。

「目立つやつから行こうか」

ガーイェはマジックバッグからスキル書き込み用の紙とペンを取り出し、テーブルの上に置く。その後、さらに分厚い本を出した。年季を感じさせる、古い本だった。

スキルの辞書だ。混乱を避けるため、一般的なスキルは名称が決められている。スキルツリーからは効果しか読み取れないため、図鑑から名前をつける……と以前聞いたことがあった。

「まずハンターのスキルだな。無防備な相手への攻撃を強めてくれる。相手に気付かれていないと、さらに補正がかかるな」

ガーイェはペンを持った。中に入っているインクが魔力に反応してペン先に染み出す。

そしてつらつらとスキルを説明しながら書き込んでいく。スキルの量は膨大なため、効果量が特に高いものがスキルの一覧に組み込まれる。細やかな身体能力強化などのスキルは省略か簡略化されるのだ。無論、強力な効果の場合はスキル名が書かれる。

「狂性魔力、これは危機に陥れば陥るほど体に多大な負荷をかける」

「デメリットスキルじゃないですか」

「待て。体に負担をかける代わりに魔力を生成するスキルだ。意図的にも発動して体に負荷をかけ、魔力生成を促すこともできる。危機に陥ったときほどではないがな」

レニーの中で疑問が1つ解けた。

つまり、レッドロードのトドメをあと押ししてくれたのはこのスキルだったわけだ。

「うわぁ、きっついスキル。狂戦士のスキルじゃない」

フリジットが嫌そうな顔をするが、レニーはこれで命拾いできたわけで悪い気はしなかった。

「魔弾の射手……いいスキルじゃな。よほどこだわったと見える。魔弾系の魔法の威力操作が容易になるだけではなく最大火力を大幅に向上させてくれるものだ」

「やったねレニー」

「そうだね、嬉しいよ素直に」

威力不足に陥りがちな魔弾にテコ入れがあったのは喜ばしいことだった。

ガーイェはスキルの辞書を閉じる。

「で、問題は残りのスキルだ」

スキルの辞書を閉じたということは辞書には載っていないスキル……ユニークスキルの可能

性があった。ユニークスキルはその本人しか持たないスキル。モノによっては称号スキルと同等の効果量を持つものもある。

ガーイェは指を2つ立てた。

「スキルは2つ。まず1つ目。己の影と繋がっていれば影を支配下に置き、支配範囲を広げる。これだけではない。影を武器に変えたり、身にまとうことも自由自在じゃ。闇属性魔法の無詠唱化、威力補正をかけるおまけつき」

つまり夜になればほぼ無敵のようなものだった。本人の強さのたかが知れているので、限界はあるだろうが。

闇属性魔法の適性があるレニーにとって、これほどいいスキルはない。シャドードミネンスの魔法も必要なくなると見ていいだろう。称号スキル並みだった。

「もう1つ。己が支配下に置いた影の総量分バフを得るスキルだ」

「……強すぎじゃない？」

フリジットが呟く。

影という条件が付くものの、影なんてものは日中でも夜でもある。やり方次第でバフなんていくらでも増やせる。

「どちらのスキルも魔力の消費が激しいようだから、短期決戦用だな。しかし、このユニークスキル……お前さんのものじゃないな？」

　ガーイェの言葉にレニーは頷く。

「たぶん、そう」

　己の過去を、思い返しながら返した。

　ガーイェの瞳がレニーを射抜く。場の雰囲気が一変し、張り詰めた空気が充満していた。

「魔法適性のスキルから闇属性魔法適性のスキルが派生しておる。順当な派生だな。だが、お前さんは闇属性魔法を使っていたから適性を得たのではない。適性を得たから闇属性魔法を使い始めた、違うか」

「合ってる」

　レニーは再度頷く。

「どういうこと？」

「ユニークスキルが突然すぎる。こんな多大な恩恵のあるスキル、一生闇属性魔法に傾倒したとしても得られないスキルだ。考えられるのは称号スキルのように授けられた可能性だ」

　スキルツリーというのはスキルの集合体。本人が成し遂げてきたものの積み重ねであり、言ってしまえば体質に近い。理由もなく、その体質は得られない。毒にかからなければ耐性が付かない、それと同じだ。しかし、毒にかからずとも耐性を得ることを可能にする方法、それが称号スキルだ。

称号スキル自体付与されるのに厳しい条件をクリアしなければならないため、今のレニーに条件をクリアできない上に、称号スキルを授けられるような人脈もない。称号スキルはツリーに植え付けられる形で独立しているものだ。レニーの場合、付与されたスキルは単独ではない。闇属性魔法の適性もユニークスキルも、レニーのものではないと考えられる。

「効果を推察するならスキルツリーの移植、または譲渡……いや、このユニークスキルを見る限り、正確に表現するのであれば」

継承。そう、ガーイェは結論付けた。

「おそらく本人の魔力量、スキル総量で自動的にスキルが解放される仕組みになっているのだろう。だから今回、ユニークスキルが現れた」

鋭い視線が、レニーを逃がさない。

「お前さん。何か心当たり、あるかね」

思い出す。たった一夜限りの、少女の顔を。弾むような声を。

「……スカハ。この名前は知ってる？」

フリジットも、ガーイェも強く頷いた。

「昔、世界を混乱に陥れた『災厄《さいやく》の女王』。３人いるうちの１人、だよね。英雄たちに封印されたって話の」

災厄の女王。世界に闇をもたらし、破壊を生む者。かの英雄たちに封じられん。

昔話ではそんな文言で締めくくられていた記憶がある。レニーからすれば、闇だの光だの、悪とか善とか、勝者が決めていることでしかないという認識だった。

「まさかお前さん」

「会ったことがある」

ガーイェが立ち上がる。

「まさか蘇らせた……！　封印を解いたのか」

「いいや。解いてないさ」

背中をソファに預ける。

「昔の依頼でね、邪教徒集団を討伐しろっていう依頼だったんだ。んで、邪教徒が封印を解く儀式をしてたってわけ」

間違いなく話をしたらややこしいことになる。それが分かっていたから、レニーは今まで話したことがなかった。しかし、ここで言わねば疑いをかけるだけだろう。

「邪教徒たちは全滅直前に儀式を完遂。見事に儀式は成功……とはいかなかった」

「成功しなかったのにスカハに会ったの？」

「不完全だったのさ。魂だけだったし、強引だったから時間が限られてた」

「それでどうしたの？」

レニーは懐かしい記憶を思い起こしながら目を瞑《つむ》る。

「朝日が見たいって言われた。それで付き添った。それだけさ」

「その後、スカハはどうなった」

「さぁね。何せ目の前で消えたし。もう1回封印されたのか、消滅したのかオレには分からなかったさ。ギルドが調査して音沙汰なしってことは……また封印されたんじゃないかな」

目を開けて、天井を見る。それから、フリジットとガーイェに顔を向けて、口に人差し指を当てた。

「これ、秘密ね」

沈黙が訪れた。２人とも唖然としてレニーを見ている。

いきなり災厄の女王と会った過去があります、と言われても素直に受け入れられるわけないだろう。

数秒続いた沈黙を破ったのは、フリジットだった。

「レニーくんはさ」

フリジットが手を合わせながら声をかけてくる。

「スカハと会ってどう思ったの？」

「別に。ただの女の子だったよ」

にべもなく答える。実際レニーからすれば、ただの少女と変わりなかったのだ。

「そっか。レニーくん、そういう人だもんね」

なぜか嬉しそうに話された。

固まっていたガーイェが我に返る。咳払いをすると、口を開いた。

「スキルツリーを継承されたとすれば、その時しかない、ということか」

「そ。スカハの異名は『影の女王』でしょ？　縁があるならそこかなって。なんかプレゼントとか言われたし」

「……そうか。こりゃ、将来大物になるな」

ガーイェはペンを走らせた。

「ユニークスキルは名付けねばならん。名付けよう、君のスキルは――」

◆◇◆◇◆

1カ月後。

レニーは、新しい冒険者カードを受け取るため、ギルドの前までやってきた。

ギルドの扉を眼前にして立ち尽くす。

木製の扉がやけに重たそうに見えた。まるで冒険者登録を初めてしに行ったときのような、先の見えない扉を開けようとする感覚。

「レニー」

肩を叩かれ、後ろを向く。頬に人差し指が突き刺さった。

ルミナがいた。

「開けないの？」

「……いや、緊張しちゃって」

レニーが素直に言うと、ルミナは目をぱちつかせた。

「レニー、緊張するの？」

「……ねえ、キミ。オレのことなんだと思ってるの」

ため息を吐きながら、扉を開いていく。少し緊張がほぐれたかもしれない。支援課の受付を見ると、フリジットが手を振ってくる。ルミナはそこへ駆け寄った。続いて、レニーを手招きする。

「やぁ。どうだい、カードは」

「できてるよ」

フリジットが冒険者カードを取り出す。カードの色は赤かった。以前は黄色だったので、やけに刺激的に見える。咳払いして、フリジットは姿勢を正した。

「おめでとうございます、レニー・ユーアーンさん。この度あなたは無事、昇格いたしました。なので、新しい冒険者カードをお受け取りください」

新しくなった冒険者カード。それをフリジットは笑顔で差し出してくる。レニーは震える手でカードを受け取った。昇格なんていつ振りだろうか。久しぶりにカードをじっくり眺めてみる。冒険者カードにはこう書いてあった。

カットルビー級冒険者、レニー・ユーアーン。

所属ギルド「ロゼア」と。

「これからもよろしくね、レニーくん」

レニーは頷く。隣で、ルミナが冒険者カードを覗いてきた。

「ソロ仲間の、ギルド仲間」

呟きが弾んでいた。

「おめでとう、レニーくん」

「おめでとう」

2人から祝われて、レニーは微笑む。

「……ありがとう」

冒険者カードを何度も見る。文字を指で撫でて、昇格を噛みしめた。

あきらめていた。限界だと思っていた。それを超えられた。それがたまらなく、心の底から嬉しかった。

「今日は私とルミナさんで奢っちゃいます。じゃんじゃん飲んで」

「おいしいもの。たくさん食べる」

「じゃ、お言葉に甘えて」

今日は浴びるように飲んで、食べて、潰れてやろう。普段控えめなんだから今日くらいいいだろう。

ソロ冒険者レニーは、そう思った。

外伝　冒険者と試しの話

レニーはおそるおそる扉を開けた。中に入ると、エレノーラが珍しそうにレニーを見る。

「おや、レニーくんじゃないか。今日はどんな御用だね」

左の大腿を叩く。いつもあった感触は、レッドロードとの戦闘以降全くない。

「ごめん。壊れた」

「……は？」

エレノーラの瞳に怒りの色が宿る。しかし、大きく息を吐いて、頬杖をついた。

「レッドロード相手に、死にかけた。オーバーロードさせて火属性のエンチャントサーキットで倒したんだ」

「ふむ。レッドロードか。怪我は？」

「大怪我したけど今はほとんど治っている」

「はぁ……君が無事ならそれでいい」

「新しいのを、作ってほしいんだ。その、もっといいやつ」

「簡単に言ってくれるな」

呆れ顔で言われる。レニーは真剣な目で、エレノーラを見た。

「オレに完璧に合うものだ。一生かけてでも払う」

「どんな心境の変化かね。前ので十分と言っていたが」

「死にかけたからね。それにカットルビーにもなった」

「それは、おめでとう」

微笑まれる。

「ならいろいろ手伝ってもらわねばな。君が納得する出来の杖ができたら支払いの契約をしてもらおう」

「いいのかい？　製作費とか相当かかるんじゃないか」

「ある程度構想はあるのでね、あとは君好みに整えていくだけさ。なにせ、君の杖を製作したのは私だからね」

自慢げにエレノーラが胸を張る。

「手伝えることがあったら言ってくれ」

「では、魔物退治をしてもらおうか」

エレノーラは人差し指で魔弾を撃つ真似をした。

ルベの洞窟《どうくつ》。

◆◇◆◇◆

かなり大規模な洞窟で中は湿気が多い。冷え込みやすく、外がどれだけ温かくともある程度厚着をした方がいい。洞窟内は暗いばかりではなく光を放つ苔《こけ》がある。森とはまた違う生態系があり、湿気を好む植物や魔物が生きている。影の多くできるこの場ではレニーのスキルや魔法を活かしやすい。ただ、この洞窟において多い依頼といえばスライムをはじめとした魔物の素材だ。森のように通り抜けられるわけでもないため、そちらに比べたら護衛の依頼もかなり少なくなる。

レニーの左の大腿にはホルスターがあった。そしてホルスターと一体型の魔筒がある。杖とは違い、魔法の補助はできない。レニーが駆け出しの頃使っていた杖に似ているが、そのときのものは杖として十分な機能を持っていた。こちらは杖として機能せず、形状も最適化されていないので、扱いづらい。本格的な武具を作成する際、一部分だけ試作品を作り、テストを行うことがあるが、そういった類のものだ。レニーが今装備している魔筒はレニー自身の魔法使用時の魔力の流れ、消費量等を測定、記録する装置である。最近手に入れたスキルを使用して、今出せる最大威力と通常使用における魔力の記録がほしいという話だった。昼夜問わずにレニーが十二分にスキルを活かせるであろう場所を考えると洞窟が最適だと思えた。

「……お、いたいた」

目当ての魔物を見つけて、レニーは物陰に隠れる。

リザードス、それがレニーの目当ての魔物だった。二足歩行の、トカゲに似た魔物だ。人よりも大柄で、ゴブリン・ソルジャーに近い強さを持つ。ソルジャーほど狡猾《こうかつ》であったりするわけではないが、背中などの鱗が非常に固く、筋肉質に太く発達した手足や噛みつきが凶悪だ。単純に生物としての強度や身体能力が高い。

そしてリザードスはグループで行動することがある。リザードスの集団がゴブリンたちと違うのは、リザードスがゴブリンポジション……つまり雑魚《ざこ》で、もっと恐ろしいリーダー格の魔物がいることだ。

「――くそっ！」

「しっかりして！　ねえ！」

冒険者パーティーがリザードスに囲まれている。レニーが物陰に隠れたのは、先客がいたからでもあった。たいまつ片手に火を振り回して威嚇する斧使いの戦士らしき男と、あとは身軽な装備の少年と女性。少年の方は肩を怪我しており、顔色も悪い。女性が支えているが、まともに戦えないだろう。助けた方が良さそうだ。

リザードスは3匹、そしてリーダー格のアーマードリザードスがいる。鱗がトゲ付きの鎧のように発達したリザードスだ。対処はトパーズ冒険者でないと難しい。

レニーは冒険者たちを助けるためにも、スキルを発動した。

影を支配し、自在に操るスキル。完全に影を支配し、シャドーハンズのような魔法の発動を容易にするシャドードミネンスの魔法の上位に位置するスキルだ。闇属性魔法の無詠唱化、威力補正をかける破格のおまけ効果もある。

そして、影を支配したぶん、バフを得るスキル。

魔力がごっそり持っていかれる感覚があった。その代わり体中に力がみなぎって万能感が湧き上がってくる。

「こいつは、使い所を見極めないとだな」

レニーはスキルによって影の支配を広げることをやめる。一定範囲で留め、バフ効果をこれ以上強くしないようにする。

物陰で隠れており、パーティーと魔物が睨み合っていることも手伝って、レニーの存在は気付かれていない。レニーは魔筒の上部を手のひらで押し上げて先をリザードスに向けた。

カースバレットを発動する。闇属性版マジックバレットだ。

撃った瞬間、リザードスの頭を撃ち抜いた。おそらく「ハンター」や「魔弾の射手」のスキル補正も乗ったのだろう。リザードスは決して柔らかい魔物ではないが、いとも簡単に頭部を貫通していた。リザードスは腹部側などの鱗は比較的柔らかいが、背中側の鱗は恐ろしく硬い。そこらの刃であれば普通に通さないだろう。それを撃ち抜けたというのはかなりの威力ということだ。

「……わお」

早撃ちでなかったとはいえ、杖なしでこの威力は破格だ。スキルの発動条件を整えただけある。とはいえ、杖のように早撃ちするには扱いづらすぎる。2匹目、3匹目とは狙いづらい。

残りのリザードスたちの目がレニーに向いた瞬間。1匹目の一番近くにいたリザードスの目を狙って撃ち抜く。先ほどほどの手応えではなかったが、2匹目も倒すことができた。

カットラスを引き抜き、つま先に魔力を込める。そしてシャドーステップの魔法で加速した。冒険者パーティーの間をすり抜け、3匹目に迫る。

「グギッ!?」

予想外のスピードで近づかれ、驚いたのか、一瞬リザードスの動きが止まる。

「ちょろいな」

カットラスで首を裂く。そしてその傷口に魔弾を撃ち込んだ。リザードスが仰向けに倒れる。

「うん、こんなもんか」

レニーは最後のボス、アーマードリザードスに目を向ける。

アーマードリザードスは肩や背中から強靭な棘《とげ》が生えている。そして、他のリザードスにはない、アーマードリザードスだけの攻撃方法があった。

「グギャアァア！」

大きく叫びながら、アーマードリザードスは飛び上がり、体を丸めながら回転する。車輪のように突っ込んできて敵をズタズタに轢《ひ》く、回転攻撃だった。ただでさえ、硬いリザードスの鱗が鎧のように分厚く強靭《きょうじん》になっている。弱点部位になる腹などの鱗を体を丸めることで隠し、通常では傷すら付けられない外鱗と呼ばれる部位だけで回転攻撃してくるのだ。

レニーは目をこらす。

崖から大岩が転がってくるような迫力で、アーマードリザードスが迫る。レニーは静かに魔筒に手を当てて待った。そして、アーマードリザードスの鎧で視界が埋まり、今にも押しつぶされようとするタイミングで横に跳んだ。

回転しているということは軸がある。鎧を貫くことができなくとも、横からの衝撃と回転の中心部分を崩すことで回転攻撃は止められる。魔弾で回転軸部分を撃つと面白いようにひっくり返った。バランスを崩し、腹をむき出しにしたアーマードリザードスが仰向けの状態でもがく。

レニーは影を支配するスキルで、影を操る。そして大きな影の槍を形成すると、アーマードリザードスの胸目がけて飛ばした。サソリの尾のように影の槍が飛び、アーマードリザードスの胸を貫く。

アーマードリザードスは悲鳴を上げながらもがいていたが、やがてぐったりと動かなくなった。レニーは周りを確認し、残心を解く。そしてパーティーに体を向けた。

「平気かい？」

全員が頷いた。

「感謝する。本当に助かった」

「ありがとう、命の恩人だ」

レニーは頷く。

「あまり無理しないようにね」

レニーは腰から解体用のナイフを取り出すと、素材の剥ぎ取りを始めた。

◆◇◆◇◆

別に魔物討伐自体が目的だったわけではない。レニーが使用する魔弾の、実用的な範囲での威力や特徴を、エレノーラが知りたかっただけだ。

レニーから魔筒を受け取り、エレノーラがまじまじと確認する。

「早撃ちはしなかったようだね」

「しなかったというか、できないよ。狙いづらすぎる」

ホルスターと一体化しているため、どうしても狙える範囲が限られる。杖を引き抜けないという状態がいかにやりづらいかを実感した。

「こうしてると、レニーくんがここに来たばかりのことを思い出すな」

「そうかい？」

「あぁ」

エレノーラは懐かしむように言った。

「場しのぎでいいだなんてフザけたことを抜かしたやつが今やパトロンで、そいつのためにバカげたコンセプトの杖を作成することになるとは」

最初に会ったとき、レニーは杖を使い捨てるように使っていたため、自分の使いたいように使えればなんでもいいと考えていた。職人相手にはあまりよくない言葉ではあったとは、当時から思っている。ただ、そう言うしかなかった。

「……悪かったよ」

「いいや。私の技術不足だ。しかし、待っていろ」

不敵な笑みを浮かべながら、エレノーラはレニーの肩を叩く。

「私の最高傑作を君に見せてやろう」

レニーは真っ直ぐエレノーラの瞳を見ながら、微笑んだ。

「あぁ。楽しみにしてるよ」

冒険者に死は突然やってくる。どんなに用心深くとも、唐突に死神が首を狩ってくる。そんな世界だ。

だがそれでも、今レニーには、未来が明るく感じられた。

あとがき

はじめまして、月待紫雲と申します。

この度は『ソロ冒険者レニー』のご購入ありがとうございます。

本作はＷｅｂで連載していたものが第12回ネット小説大賞にて、小説部門入賞となり、書籍化となった作品です。Ｗｅｂ版と比べて読んでみるのも、また楽しみ方のひとつかもしれません。

「ソロの冒険者」というは果たして本人の能力が非常に高いから成り立っているものなのでしょうか？　ソロとしてのあり方は、どうあるのが自然なのでしょうか。そういうことを考え……ていたわけではありません。ただファンタジーが好きで、ソロ冒険者というものを書こうとなったとき自然とたどり着いた形がこの作品でした。神話のようにめちゃくちゃに強い個人よりも、こうやってひっそり誰かを助けていたりする冒険者がいいなぁ、と思いながら書きました。いやもちろん、個人が強くて独りで十分っていう主人公も格好良いんですけどね。

それにプラスして手軽に、それでいてファンタジーとしての味わい深さが感じられるように、と私がそういう作品を読みたかったので書いたという感じです。私と同じような話が好みの人に、少しでも届くことを祈っております。

最後になりますが、この作品を書くにあたり、書籍化にお力添えしてくださったツギクルの皆様。細かくサポートしてくださった担当編集者様。とても素敵なイラストで世界観を表現してくださったイラストレーターのｐｏｔｇ様。

Ｗｅｂ版から支えてくださった読者様、そして何より本作を購入してくださった皆様に、心から感謝申し上げます。

ありがとうございました。

またこうして、あとがきにてあいさつできることを願っております。

月待　紫雲

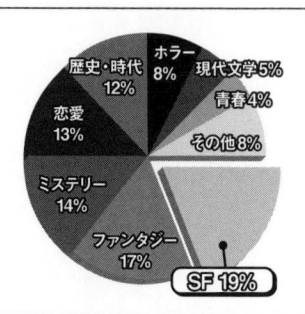

悪役令嬢ってのはこうやるのよ
著：藍田ひびき
イラスト：カオミン
生温くてしょうもない登場人物の皆さまへ
本当の悪役を見せてあげるわ
「悪役令嬢？　生温いわね」
高熱で死線を彷徨ったカサンドラ・ヴェンデル侯爵令嬢は、自分が転生者であることを思い出した。
前世は芸能プロダクションの社長。そしてカサンドラは小説「光の聖女の救世物語」に登場する悪役令嬢だったのだ。
だが前世で悪辣な手腕を使い成り上がってきた彼女には、カサンドラの悪事など児戯に等しいものであった。
「本当の悪役というものを、見せてあげるわ」
定価1,430円（本体1,300円＋税10%）　ISBN978-4-8156-3457-5
ツギクルブックス
https://books.tugikuru.jp/

ツギクルブックス

愛読者アンケートに回答してカバーイラストをダウンロード！


愛読者アンケートや本書に関するご意見、月待紫雲先生、potg先生へのファンレターは、下記のURLまたは右のQRコードよりアクセスしてください。

アンケートにご回答いただくとカバーイラストの画像データがダウンロードできますので、壁紙などでご使用ください。

https://books.tugikuru.jp/q/202504/soloadventurer.html

本書は、「小説家になろう」（https://syosetu.com/）に掲載された作品を加筆・改稿のうえ書籍化したものです。

ソロ冒険者《ぼうけんしゃ》レニー

2025年4月25日　初版第1刷発行

著者　月待《つきまち》紫雲《しうん》

発行人　宇草 亮
発行所　ツギクル株式会社
〒105-0001　東京都港区虎ノ門2-2-1
発売元　SBクリエイティブ株式会社
〒105-0001　東京都港区虎ノ門2-2-1

イラスト　potg
装丁　株式会社エストール

印刷・製本　中央精版印刷株式会社

定価はカバーに表示してあります。

乱丁本、落丁本はお取り替えいたします。

ISBN978-4-8156-3456-8
Printed in Japan